凌翔 主编　　　　　　　　　当代作家精品·散文卷

我是风筝
你是线

巍然 著

北京出版集团
北京出版社

图书在版编目（CIP）数据

我是风筝你是线 / 巍然著 . — 北京 ：北京出版社，2023.2
（当代作家精品 / 凌翔主编 . 散文卷）
ISBN 978-7-200-17836-4

Ⅰ. ①我… Ⅱ. ①巍… Ⅲ. ①散文集—中国—当代 Ⅳ. ①I267

中国国家版本馆 CIP 数据核字（2023）第 024019 号

当代作家精品·散文卷
我是风筝你是线
WO SHI FENGZHENG NI SHI XIAN

巍然 著
凌翔 主编

出　　版	北京出版集团
	北京出版社
地　　址	北京北三环中路 6 号
邮　　编	100120
网　　址	www.bph.com.cn
发　　行	北京出版集团
印　　刷	三河市中晟雅豪印务有限公司
经　　销	新华书店
开　　本	710 毫米 ×1000 毫米　1/16
印　　张	15
字　　数	200 千字
版　　次	2023 年 2 月第 1 版
印　　次	2023 年 2 月第 1 次印刷
书　　号	ISBN 978-7-200-17836-4
定　　价	75.00 元

如有印装质量问题，由本社负责调换
质量监督电话　010-58572393

序一　忘却不了的乡愁

文 / 张新科

如今纯文学受到的关注似乎越来越少，但作家巍然一直坚守着对纯文学的信仰，呈现在读者面前的这部长达 40 万字的非虚构长篇散文集《袁庄原味》三部曲，即是他利用业余时间潜心多年创作的一系列较为全面、系统、立体地描写当代农村的纯文学作品。

老舍先生曾说："写文章要一句是一句，上下连贯，切不可错用一个字。每逢用一个字，你就要考虑它会起什么作用，人家会往哪里想。写文章的难处，就在这里。"巍然深谙其中之味，他告诉我，这三部文集从构思到初稿再到定稿，断断续续持续了 10 余年时间，仅最后一次修改就用了半年多时间，主要用在炼字、炼句、炼意甚至炼标点符号上，有的篇章修改的时间甚至超出了初稿的写作时间。这充分彰显了作家的良苦用心及对文字和读者的敬畏。

十年磨一剑，这三部文集不愧为巍然的竭尽心力之作。作家采用抒情诗一样温馨的笔触，多维度回忆，从心灵中过滤出乡村的图景与生活，仿佛立在河边的渔人撒出一张细密的大网，在岁月之河里把往事一一打捞了上来，亲人故交、童年野趣、饮食习俗、环境节令、庄稼果蔬、飞鸟家禽、花草树木、农具农事……有如一堆湿淋淋的新鲜鱼虾，欢快地跳跃着呈现在读者面前。它是大地的呈现者，细嗅清新泥土的气息；也是时间的洞察者，静观季节变化的旖旎。读着巍然用心用情凝结的文字，我被字里行间的浓浓乡情与袅袅乡音深深感动。从那蕴藉深厚、激情荡漾的文字里，得到情感的浸润和心灵的慰藉，真是一件快乐之事。

　　这三部文集是鲜活的乡愁，是从记忆之河打捞上岸的永不过期的五味瓶、色彩斑斓的万花筒。它可以带着读者重温童年、故土，回味人类永恒的乡恋情愫。它亲切、自然，会让读者产生共鸣，仿佛邂逅知音，不忍释手。它会勾起没有农村生活经历的读者对田园生活的好奇和对自然与村庄的遐想。作家的笔下，有留恋也有感伤，还有着理性的审视。在巍然眼中，泥土就是泥土，树林就是树林，花草就是花草，颇有点儿乡村风情画的味道。岁月更改，容颜偷换，这一切人事变迁，被定格成某个历史的画面，作家并不加以过多的修饰和评价。他只是带着一丝忧伤和怅惘，站在儿时徜徉的池塘边上，轻轻拾起一粒小石子，朝水里掷过去，然后长久地注视着水面上漾起的小小涟漪，这是一个感受到岁月流逝的成年男子对往昔的深深眷恋。

　　村庄只是一个幌子，更吸引人的却是作者对于村庄的臆想，对自我灵魂的探索，也即所谓的"乡村哲学"。在作家细腻温馨的文字中，其实蕴含着一些中国传统的道德观，比如阴阳更换、草枯叶荣、自然消长、世道轮回。巍然说："将来有一天，这个小村庄会不会从地球上消失？果如斯，我们这些漂泊在外的游子及孩子该到哪里去寻找自己的'根'……城市的每一寸土地，原来也是田园。有一天，它也许还会变成田园。"人类文明的生长，并非以毁坏自然为代价，在城市化的进程中，也未必一定需要摧毁田野的牧歌。巍然的笔下，有留恋，有感伤，但并没有强烈的情绪。偶尔的一点儿评论，也非常质朴，点到即止，让读者去发挥想象。这不仅是作家一个人的乡愁，也是一个时代的乡愁。

巍然的文字舒缓沉着、不紧不慢，体现了很好的心态和写作功底。作家大量采用了白描和细描的手法，分了近20章，每个章节一个主题，清晰明了。第一部《我是风筝你是线》基本是描述人物的，既有亲人，又有邻人，尤其是字里行间流露出的血浓于水的亲情，读来不禁令人潸然泪下；第二部《回忆是条归乡路》基本是描述事情的，巍然虽然在那里只生活了18年，但在那期间发生的事情却令他刻骨铭心；第三部《此物醉相思》基本是描述景物的，巍然虽然离开故乡已经30年了，但故乡的风物依然让他记忆犹新，跃然纸上。这样分类更便于读者阅读。这种对记忆的呈现，看似朴实、平直，甚至有些唠叨的表达，终极目的则是给情感寻找归宿。巍然遵循着审美快乐的原则，过滤了记忆中所有的不快，并在体验中发现了生命的力量，他的文字充满了正能量。有的文章虽较长，但读来让人感到津津有味，欲罢不能；有的只是千字文，却恰到好处，戛然而止，余音绕梁。这使我想到了围棋里的"长考"，而巍然所用的笔法分明就是长考。文章中的每一个字犹如一枚棋子，在"啪"的一声落地时，都是掷地有声，而落下之前却要历经多少跋涉与锤炼呢？！不论是长篇还是短章，篇篇都是直抒胸臆，无遮无掩，尽兴写来，时见率真。我喜欢巍然原汁原味的语言给人带来的那种贴近事物的感觉，像精灵一样悄无声息地带我回到日思夜想的村庄，永志不忘的故园。

作品的思想性、艺术性和可读性已经达到高度统一，尤其在广度与深度上是下了功夫的。作家借袁庄四五十年来的过往反映苏北农村的变迁，内容颇具代表性，可以说是中国农村变革的一个缩影。这三部文集看似农家话题，实则人生课题，堪称近年来农村题材散文的精品，是读者了解当代农村的窗口，也是作者献给中华人民共和国成立73周年的一份礼物。

旧时光景，如今说来，都成梦寐。日影天光，依旧年复一年地照耀着袁庄，而这里的一切都与三四十年前大不一样了。

故乡在哪里？乡愁在哪里？只要读了巍然的乡土散文三部曲，就能找到答案。

序二　悠悠乡情从心中流过
文 / 钓翁归来

聆听乡音，回望故园，梦逐乡愁，这是当代作家包括读者甚为钟情、颇易共鸣的题材。乡情文学的源远流长与历久弥新，可以看成人们乡关情结的一种映照、一种托付。思乡怀旧，睹物抒怀，虽世异时移，而乡情文学之脉依然绵延，依然蓬勃。

军旅作家袁巍然，回故乡供职廿载。这期间，文学创作再辟新畴，近年来，诗歌、小说、散文、各类随笔，多有涉猎，佳作迭出。其中，这部长达40万字的乡情系列散文，尤为醒目。作家以十年一剑之韧劲，倾其力，尽其才，朝夕勤勉，精进不已。作家纵横视野，多向发力，欣然遇见曾经滚打其中的那方泥土散发出浓郁的芬芳，曾经走过的那些河汉山脊呈现着美丽的模样，曾经欢腾的岁月飘荡着醇厚的情愫。乡音、乡情、乡愁交织叠加，连成一片，绘制了一幅幅潇洒俊逸的水墨画，演绎了一曲曲壮阔闳大的乐章。

铿锵步履，是军人的豪迈与气度，也见证着作家精神的振扬。家乡的山水风物、人事过往,无不赋予其天然的滋养与创作灵感。或在一个晨曦,或在一个黄昏,或源于一个物象,作家几回狂欢在故园,随想于童年、少年的自由、浪漫,陶然于溪水、山峦的俊朗、飘逸。作家徜徉在抽象的语境里,对往昔生存路径之选择,发出今天的追问,当然也会在父辈的谆教鞭策中蓦然醒来。思考跨越时空,留下了太多的故事,太多的色彩,太多的趣味,太多的感动。

天空中没有留下翅膀的痕迹,但鸟儿已经飞过。当作家循着记忆的河床,去深度挖掘那些尘封、那些近乎湮没的过往,再仔细体味那些隽永的意趣,就自然地创造出一系列耐人寻味的文字来。

岁月的风铃从故乡的山峦飘响。那回荡云天的山歌,那魂牵梦绕的笛声,那承载着父老乡亲劳烦与艰辛的牛车,那摇向天际、飘向未来的桨橹与芦荻……千般物种,万宗气象,在作家的驾驭下,渐次铺展,灵动而亲切,明丽而深邃。

读这三部文集,对作家更有新的期待。以作家之军旅生涯与地方工作的双重经历,以及对文学的孜孜追求,似当在宽博的视域与情怀下,创造出内容与风格更加多样的乡情文学来。我们期待着。

文集付梓之际,略述感受,以示祝贺。

目　录

第一辑　节气

村庄天气（一）　002
村庄天气（二）　007
村庄天气（三）　011
光照袁庄（一）　015
光照袁庄（二）　019
　立春和雨水　023
　惊蛰和春分　028
　清明和谷雨　033
　立夏和小满　038
　芒种和夏至　042
　小暑和大暑　046
　立秋和处暑　050
　白露和秋分　054
　寒露和霜降　058
　立冬和小雪　061
　大雪和冬至　064
　小寒和大寒　068

第二辑　农活儿

麦收五月（一）　074
麦收五月（二）　077
红芋词话（一）　081

红芋词话（二） 085
那些农活儿（一） 089
那些农活儿（二） 092
那些农活儿（三） 096
劳动号子 101

第三辑　亲人

祖母的冬衣　108
奶奶的嘱咐　112
奶奶的"金莲"　115
奶奶的晚年　118
祭祖母文　122
告慰天堂的奶奶　125
父亲的教育人生　128
父亲捕鱼　131
母亲的手　134
母亲的针线包　138
一碗鱼汤　141
我是母亲放飞的风筝　144
四代人的军装情　146
老舅，走好　149

第四辑　邻人

袁庄：忠烈之村　154
早亡的人　157
两位小学老师　159
邮递员老徐　162
同龄人　165
路荒·心荒　168
年轻人　172
村庄逸事（一）　176
村庄逸事（二）　180
高祖刘邦　183

第五辑　艺人

生意人　190
卖艺人（一）　194
卖艺人（二）　197
手艺人（一）　201
手艺人（二）　205
手艺人（三）　209
手艺人（四）　213
皮影戏与大鼓书　216
看大戏　219

后记　永志不忘的故园　222

第一辑　节气

节气，不单单是日历上的某一个日子，而是一种对天空大地体贴入微的感受，是一种对自然万物的真心敬畏，是一种对五谷丰登的美好期盼。节气，凝聚了先民关于自然的智慧，对自然的情感，世间的事物遵循着节气的规律，顺理成章地走完一个又一个轮回……

村庄天气（一）

春季是万物复苏的季节，是大自然新一轮生命循环的开始。《淮南子》中"春气发而百草生"说的就是这一自然现象。

"新年都未有芳华，二月初惊见草芽。白雪却嫌春色晚，故穿庭树作飞花。"韩愈的这首《春雪》将微妙的天气描绘得惟妙惟肖。

春寒谢过，满眼都是乍泄的春光。春刚一开头，人的脚步轻了，心也暖了。至于春寒的清冷，我一直认为是虚的，甚至是伪的，完全可以忽略不计。

"二月春风似剪刀"，我们不妨将这句话理解为两层意思：一是说二月的春风比较厉害，吹到人身上又干又冷，有些刀割的感觉；二是说春风又有灵巧的一面，像个能工巧匠会修剪各种各样的植物。

草木枯了，又荣；心僵死了，又苏醒。春风真可谓"千手观音"，她用多佛手掸去浮尘和伤痕，给人丝丝慰藉。

春风由硬而软，轻拂人面挠痒痒似的，酥酥麻麻，很是享受。春发水暖，水流润泽起来，由冷变暖，引得喜鹊枝头叫，鸭子水里闹，叫醒了枝叶，闹暖了春水。于是，大地之上，绿的绿，红的红，蓝的蓝，枯树穿新衣，荒野戴新帽。各种花儿草儿，像一盒五彩的颜料，经由大自然的神奇之手，喷绘出一幅生命复苏的旺盛景象。春燕与鸭子皆喜水，它们任风雨无度，欢心自在，乐在其中。最美的要数水草，见水而长，逐水而乐，清亮的水声是它们落在春天里的笑。

三月仿佛是一位浑身透着稚嫩气息的油漆工，只会笨拙地在季节的底片上涂抹淡绿，故色彩显得有些单调。

四月可称得上是一位巧手绣花女，有条不紊地给季节绣上万紫千红、五彩缤纷。四月是充满生机的季节。从气候上讲，春色融融，风和日丽，既没有秋日凄凄、冬日烈烈的诸多不适，也没有早春时节的春寒料峭、乍暖还寒，一年之中这样不冷不热的时日确实不多。

四月，包含春的盎然、夏的绚烂。四月吹出不冷不热的风，使万木争荣，杂花生树。季节到了四月，如人至青年，逐日走向成熟。

诗人笔下的春风摇曳多姿，但无一不是大美之风。春风是温暖的——"放杖溪山款款风""春风送暖入屠苏"。春风是和煦的——"镜前飘落粉，琴上响余声"，这首《咏春风》从视觉和听觉上将春风轻柔之态展现得纤毫毕见。春风是忙碌的——"春风多可太忙生，长共花边柳外行。与燕作泥蜂酿蜜，才吹小雨又须晴"。与花同行，为燕作泥，助蜂酿蜜，捎来春雨，带来天晴，你说春风忙不忙？春风是多情的——"风乍起，吹皱一池春水"。春风是善解人意的——"春风知别苦，不遣柳条青"。春风又是神奇的——可绿江南岸，可裁杨柳叶，可让"樱杏桃梨次第开"。总之，春风所到之处，一片生机盎然。

六七月份的风，夹杂着热浪扑面袭人，让人有窒息感。

八九月份的风，白天还是有些灼人，夜晚已变得温柔些。

秋天的风，会带给人干燥和寒意，也透着丰收的气息。

冬日里的西北风一天比一天凛冽，吹得电线与树枝呜呜作响。晚饭后人们早早地钻进被窝，整个村子弥漫着北风。出行的人们大多戴着棉帽子，手插在袄袖筒里，缩着头弓着腰赶路。

最可怕的要数龙卷风了。它不但能将高个儿的庄稼刮倒，而且能将根基较浅的树木连根拔起，一些轻的东西被刮得漫天飞舞。

在我的记忆里，老家多次遭遇龙卷风的袭击。在20世纪90年代初，听老家人说，龙卷风将周庄村的几家房屋刮倒，以致熟睡中的两人被砸死。我舅舅所在的村子更是不幸，房屋几乎全部被刮倒，不得不重建家园。那年春节，我回老家去看望舅舅，竟然找不到他的房子了，因为已经面目全非。

其实，一年四季里的风，更多的时候还是很温柔的，似乎很有人情味，正如王勃在《咏风》中所言："去来固无迹，动息如有情。"

在我的老家，雨天也是别有一番情趣的。

春来之时，雨总会如约而至。春天的雨是从浅绿最深处走出来的，是从布谷鸟最婉转的啼声里不经意流出来的，是从微凉不冷的风里袅袅飘出来的，是从天野最浅的那朵云里淡出来的。如春天般温婉细腻的恋人，尽情地把相思释放了出来，细细的、痒痒的，轻叩着人们的心扉。

春雨是开启新一轮生命循环过程所需要的各种气候要素中最关键的因素。尤其在农耕社会，春雨对人们的生产、生活以及文化心理等都产生了深刻的影响。二十四节气中，春季节气中的雨水、清明、谷雨都与春雨有关。

春雨很久以来就被认为是好雨，故有"好雨知时节，当春乃发生"的诗句。"随风潜入夜，润物细无声"是唐人认定的。不过，再好的事遇到不开心的人，就很难说好，比如"落花人独立，微雨燕双飞"。面对满地落花，看着毛毛雨中成双成对飞着的燕子，不由得感慨唏嘘。春雨啊，真是难调众人口味。

早春，雨一下就是好几天，天空灰暗，雨丝不紧不慢，密密织着，像牛毛、花针、细丝一样。春雨总喜欢趁着夜色来到人间，也许是上帝赐给人间最好的礼物吧。因此说，春雨润如酥，春雨贵如油，令万物生长。春雨像呼吸，像窃窃私语，像卿卿我我。

春雨一来，几乎干涸的池塘、小溪和河流都活泛起来了，水灵潋滟，丰润妖娆。春来心情大好，雨润万物春润心啊！

雨润春尘，天净空。

经过春雨的洗礼，天蓝得透亮，地绿得失真，天地之间泛着蓝绿的光，明晃晃直逼人眼。人们的心肺畅快地舒张着，身上的每一个毛孔像伸头探脑的嫩芽，有股猛烈地往外迸发的劲儿。枯黄的小草已经开始泛绿了，麦子也仿佛一下子长高了一大截。桃花与梨花也已经羞答答地开出了花骨朵儿，含苞待放的样子，好像情窦初开的小姑娘。油菜花也已早早地开出几朵来了。闭上眼睛，新鲜的青草花香气息阵阵扑鼻，让寂寞一冬的心房瞬间铺展成一方绿茵。透过欧阳修的诗句"南园春半踏青时，风和闻马嘶。青梅如豆柳如眉，日长蝴蝶飞……画堂双燕归"，便可看出美丽如画的春景。

"清明时节雨纷纷，路上行人欲断魂"，这句诗用来形容清明的雨是最恰如其分的。在我的记忆中，清明时分，几乎总有细雨纷飞，像天空的泪水，让人不由自主想起故人。一场雨，一次天上人间的相逢，清明的雨带着宿命的味道，在祭奠的时节不经意滑落，增添了几分伤感。万物氤氲在烟雨中，还没有完全苏醒，比如小草一半嫩绿，一半还光秃秃地裸露着，挣扎在泥巴地里，仿佛在等着清明的雨的滋润。

雨水是春的魂魄。雨细雨密，水冷水暖，涸或润，丰或俭，那是春姑娘的脚步踩出的欢快节奏。勤劳朴实的人们和着春的节拍，惜春如金，不辍劳作。他们知道一年之计在于春。

春天的风调雨顺关系着全年的收成，甚至民生和整个社会的安定。因此，人们把春雨视为神灵，顶礼膜拜。于是，人们便对天祈祷，祈祷天降甘霖，惠及苍生。《诗经》中就有对隆重祈求春雨场景的描述。春雨寄托着人们朴素的果腹之愿。

在各类文学作品里，文人极尽描写与赞美之能事，生动美妙地展现春雨带给人们的欢欣与希望，抒发对春雨的美好感受，赞美春雨对大地的普惠。

村庄天气（二）

　　夏天的雨最让人捉摸不透，像顽皮孩子的脸说变就变。有时候天空的一边出太阳，一边还下着雨，老家人称为"车辙雨"。雨水好像是突然从天而降，往往让人措手不及，几步路就能打湿单薄的衣衫。

　　夏天的雨一般不会下太长时间，往往雷声大雨点小，只是一阵子。偶尔也会发疯似的，大雨倾盆下个没完没了，还夹杂着狂风、闪电、雷鸣。雨滴被风裹挟着向大地飞行，大地一派苍郁。远处的灰云伴着雷声飘移，有的高有的低，有的抱团有的单独行动。雨在俯冲的过程中互相撞击着，变成新雨继续俯冲。雨哪里是在下，分明是在风的推动下飞行。雨滴在飞行中保持流线的形态，形状像小蝌蚪。雨与雨汇合后，又被风吹散。雨像梳子，像扫帚，像大片的水被筛成小水滴。雨继续向大地俯冲，在风和其他雨滴的推动撞击下一点点接近大地。雨滴将要降临地面，看到树木仿佛手舞足蹈着张开手臂等待拥抱。树的面孔挂满雨滴，雨滴从树叶流到树杈再顺着树干流到地面。屋檐上的流水像小瀑布一样，屋前面的空地上，积起了浑黄的雨水，雨点在上面打出无数的泡泡，瞬间即逝。这样的雨如果下一天,河里的水都要涨起来,人们就要准备防洪涝了。

夏天的雨,更多的时候还是比较人性化的。先是凉风拂面,赶走田间农人的汗水。接着乌云便会涌来,越压越低,仿佛就在头顶,让人有一种恐惧和窒息感,也仿佛催促着外出的人们赶快回家。低沉的雷声由远及近,有闷雷也有响雷。户外的人们开始匆匆往家赶,此时雨点已砸下来,落在松软的泥土里,留下浅浅的坑,空气中弥漫着泥土的气息。雨点越来越急,越来越密,直至大雨倾盆,如果还没来得及躲避,就会变成落汤鸡。

有人会厌烦雨水过多,我却对之有些偏爱。在我看来,雨滴是上天派到人间的小信使。人听到雨滴的声音是单调的,其实每一声都不一样。雨滴的大小不一样,落地的声音也就不同。雨的温婉、诗意情调,恐怕只有那些热爱生活、感性面对而又理性行事的人才能领略得到。儿时,每逢雨天我总爱站在屋檐下,伸出稚嫩的小手,去接从天而降的雨滴。雨滴仿佛懂得我的心事,故意逗我玩,就是不肯乖乖地就范,在我眼前一亮便瞬间消失,水花四溅击得我手心发痒。我却有些不甘心,往往重复着那一机械的动作,不知不觉间衣袖被溅湿,而心不再潮湿,那是洗尽铅华后的轻松和喜悦。

偶尔,大雨中还夹杂着冰雹。冰雹是比较残忍的,会摧毁庄稼,甚至会伤害到人,小如豆,大如鸟卵,砸在地上乱弹。可以想象,这样的冰雹从天而降,惯性该有多大。冰雹掉到地上不会立即融化,多了就会亮晶晶铺满一地,看上去很美。然而,美景只是暂时的。

夏天,傍晚的雨后景色最美。落日的余晖映照着半边天,晚霞多彩,像国画大师笔下的美景,令人陶醉。此时,牛羊在河边吃着青嫩的草儿,小草上的水珠晶莹剔透,青蛙在池塘边叫着,树梢上的知了也亮开了嗓子……

春雨是禾苗喝的水，夏雨是果实喝的水，秋雨是大地喝的水。大地奉献了自己的所有之后，没给自己留一棵庄稼。土壤喝得很慢，所以秋雨缠绵。人常常困惑秋天为何下雨，其实这是狭隘的想法。因为老天不光照料人，还要照料大地与河流，雨落进河流，河床才能丰满一些。深秋的雨不再有青草和花的味道，也没有玉米须子和青蛙噪鸣的气息。它悄悄从天空与屋檐爬向白露的、立秋的、寒露的大地，然后钻进大地的怀抱，一起过冬。

冬雨似乎没有特色，很平淡，淅淅沥沥，没完没了，一下就是好几天。下雨天，正是人们可以休息的时间，或串门找人聊天，或找人打牌，或干脆睡大觉，或干些家务……

雷和雨似乎不分家，往往同步进行，仿佛雷在为雨伴奏、助威、呐喊。有时也会出现干打雷不下雨的情况。

春雷声令人振奋，远远地响彻云霄。

夏天的雷声令人惊骇。有时候，雷声会持续很长时间，而且一声比一声猛烈，仿佛就在村子的上空，甚至感觉就在头顶上。人们大多都不敢出门，躲在屋子里。出行的人们也赶紧找地方躲避。

闪电一次一次地透过窗子将房间照亮。有的人由于缺乏避雷常识，被雷电击伤。迷信的人就会认为，伤者大逆不道。在他们看来，雷电主要是降妖除怪以及惩罚不肖之人或恶人。

在北方，每当到了十月，就会想到高远，就会想起诗句"天高云淡，望断南飞雁……"。天空高远，田野也变得空旷。田野里几乎没有了庄稼，天地间显得无比空明透彻，一望无际，一览无余。

秋风起，高高的杨树叶子哗哗作响，残存的绿色带着无尽的眷念，一片一片又一片，纷纷飘落。"碧云天，黄叶地。秋色连波，波上寒烟翠。"这是一幅多么美好的秋色画卷。

秋天是风轻日爽的季节。仰望几近透明的苍穹，心情在天高云淡、风轻日丽的景观中也变得清澈起来。

秋色是美丽的，但也给畏惧"人过中年"者带来丝丝秋凉。古往今来的墨客，多对秋抒发感伤。看着飘然而下的秋叶，一些依稀的人生影子仿佛出现在飘浮的朦胧里。叶影幻移，低首回味，不免叹息流年的过往。

其实，秋天很多时候有着别样的明媚。正如唐人刘禹锡诗云"自古逢秋悲寂寥，我言秋日胜春朝"。是的，秋色之美，只有春天可与之媲美。

人生如同季节，年轮也有夏秋之季。过了激情勃发的青年时期及一往无前的中年时期，必然会到收获成果的人生秋季。这个时期，会使人变得温婉持重，在收获中享受快乐。因此，我们应该像刘禹锡一样对秋天持拥抱态度。

村庄天气（三）

在我们村庄的上空常常有云朵停留，远远望去像各种动物、花卉、人物……令人充满遐想。

有时也会秋雨连绵，但是感觉充满温情，没了夏雨的急速倾盆，少了冬雨的凛冽无情，缺了春雨的朦胧，有的只是属于秋的浪漫与诗意。

我喜欢秋雨。其实，喜欢的是一种深情与静谧。因为静谧而愈发地深爱，它默默地来去，不会因喜或厌停留，只为畅快自己的情绪。闭上眼睛深吸一口气，喃喃道"天凉好个秋"，凉得这般纯净、干脆，断然没有一点儿夏的温热。果然是秋雨带来的味道，淡淡的，熟悉而亲切。

把秋雨印在心里，混合着家乡泥土的味道，保存了那么多美丽的童年记忆。

午后，有时候天边会有巨大的像山一样的云彩，被西斜的阳光照着，好像一座辉煌的宫殿。有时候又显得很匆忙的样子，仿佛在匆匆赶路，稍纵即逝。

夜晚，月亮升起的时候感觉天空特别高远。柔美的月光会把满天的星斗引向远方。月光下的秋风显得更加清凉，树叶沙沙作响，仿佛准备行囊的孩子即将告别亲人，这声音会令人产生无尽的遐想，会想到一个个春秋的过往，想着想着就进入了梦乡。翌日清晨，太阳重新升起时，月亮还恋恋不舍地挂在天上，未完全隐退的月亮在片片白云中穿行，映衬得整个天空仿佛水洗般的清亮。

十一月，时序孟冬，天空渐渐寥廓，林荫道变得空旷，树叶纷纷落下，地上七零八落地躺着的黄叶，像是睡着了一样。

农人们有的还在忙活着，将从田间收割来的庄稼做进一步处理，该打的打，该摘的摘，该晒的晒，该剥的剥，该簸的簸，总之要确保颗粒归仓。这最后的忙碌，仿佛一场正在进行的密谋，将秋事遗留的现场尽可能完美地扫尾。他们有责任把每一粒粮食搬回家，漏掉一粒就是对季节的辜负。

十一月的最后一天，气温骤降，西北风刮了起来，让寒冷更加肆无忌惮。树梢间呼啸声一阵接一阵，整个旷野成了风的世界。

冬天的乌云往往是大雪的前兆。有时候会有一整天的阴郁天气，太阳躲在云朵后面，阴沉着脸，老家人称为"温雪"。在沉沉的天上，云朵匆匆地奔跑着，好像去集会。狂野的北风，将这些笨重的云彩撕碎，撒向人间就会变成雪片。

冬日里，我的老家常常被大雾笼罩。虽说是十雾九晴，但有时候，大雾一天都很难散去，给人们的出行带来极大不便。

不知不觉间，冬天已经迫不及待地拉开了大幕，急急地登上了季节轮回的舞台。雪是冬天的风景，雪是冬天的灵魂。没有雪的冬天是漫长的，没有雪的冬天是枯燥的，没有雪的冬天是难耐的。雪似乎很通情达理，又仿佛带着使命，摇曳着轻盈曼妙的舞姿，从天宫纷纷扬扬、飘飘洒洒降临人间，落在旷野让洁白充斥了阡陌，落在村庄让洁白覆盖了农舍，给人们带来了乐趣和福音。

大雪总喜欢在夜里悄悄到来。一般从黄昏开始，仿佛白色的烟灰，东一点儿，西一点儿，若无其事地在空中打着旋儿，一副漫不经心的样子。有时是在雨丝里夹杂着亮晶晶的颗粒，打到物体上会跳动。有时候，直接大朵地飘下来，像顽皮的孩子在天上撕撒棉絮，最后越撕越带劲儿。

儿时的我期盼着雪能够下大点儿，担心雪停，忐忑不安，上了床耳朵还是竖着的，仔细辨别窗外的声音，越是下雪的晚上越安静，静到能听见沙沙的声音，这就是雪的声音。等到熄灯后，雪光便通过窗户照进屋子里，外面已经全白了。一场大雪便不容置疑地将梅香带进寒冬的季节。"忽如一夜春风来，千树万树梨花开"，第二天推开门，整个银白色的世界映入眼帘。到村子外面去，路上已被早起的人印上了深深的脚印，远远望去很是壮观，像拖拉机碾过后留下的轮胎印。

雪很聪明且眼很尖，有一点儿缝隙也能找得到。只要它一来，无处不见雪。门窗关得再严，夜里下雪，天一亮，屋里仍然会有它的身影。雪很敏捷且很调皮，人跑得再快，也跑不过它，往人脖子里钻，往人裤管里钻，凉人，冰人，让人打哆嗦，虽冷心却温暖着。雪很妩媚且很浪漫，婀娜多姿，分外妖娆，风情万种，挥洒天地间。雪狂傲地放纵着，或裹挟或拥抱或嬉闹，覆往昔、盖未来、掩现在，天地浑然，仿佛一场美丽的邂逅。

雪后的乡村早晨是静谧的、恬淡的、迷人的。村庄、房舍、草垛、道路、树木等，都被覆盖在皑皑的白雪之下，天地万物，一袭素衣，宛若仙女下人间，清新脱俗，别有韵致，村庄变成了童话世界，让人浮想联翩，让浮躁的心变得踏实起来，让粗糙的生活变得浪漫起来。人们痴迷于这冰清玉洁的世界，悸动的心开始萌发雪日的情愫。"不知庭霰今朝落，疑是林花昨夜开。"冰天雪地里，任纷飞的雪花飘落在头发上，飘落在衣服上，浑然不觉，既可品赏"谁将平地万堆雪，剪刻作此连天花"，也可感受"六出飞花入户时，坐看青竹变琼枝"的奇妙美景。

更多的时候，人们都喜欢蜷缩在被窝里，只有个别勤劳的人和上学的孩子们会早早起床。踏着积雪深一脚浅一脚行走在乡间小路上，脚下发出"咯吱咯吱"的声音，带着韵律和节奏，留下一串串脚印，像走在一个晶莹纯粹的世界里。学校操场上到处热闹非凡，打雪仗、堆雪人……掬一捧雪，玩得不亦乐乎。

只有上课铃声才能将贪玩的孩子们赶进教室。能容纳二三十套双人桌椅的大教室，木门板上总有较大的缝隙，窗玻璃总有几块残缺，风总能找机会钻进来，从学生们缩起的脖颈上掠过去。大部分学生都得了冻疮。上一会儿课后，老师下令跺脚。全班学生大喜，发了疯似的开始跺脚，地动山摇，欢笑大叫，麻木的脚趾总算有了些许暖意。

中午时分太阳高挂，雪在温和的阳光下反射出耀眼的白光，刺目惊心，有些让人睁不开眼睛。瑞雪兆丰年，这么一场大雪，像棉被一样覆盖着大地。农作物蜷缩在这天然的棉被下养精蓄锐、安然冬眠。

雪花是大自然悠扬的音符，是季节轮回里不可或缺的一帘天然幽梦，它迈着轻盈的步子融入人们的生活。雪落大地的时候，新年的脚步也就近了，没有雪的年总会觉得少了年味儿，像过年没有贴春联一样。孩子们开始天天掰着手指头数，离过年还有几天，手指头不够，甚至用上脚指头。大人们也开始准备年货，添置家里短缺的东西，接二连三赶大集。年的味道飘然而至。

光照袁庄（一）

正月里，早上八九点钟，阳光照在积雪上有些刺眼。田野里的麦苗露出来点点绿色，如果前几天的雪下得再大一些，麦子就全被盖住了。

春上柳梢头。晚上出来，发现月光印在地上的影子，与冬天有些不一样了，不再是光秃秃的枯枝影子。

三月的油菜花地，金灿灿的黄色，令人觉得幸福。

四月，清明过后，十点多钟的时候，阳光开始明亮起来，将行人身上的夹衣脱掉，地上已有树荫，只是还不够大。

春夜的月光是温柔的。如水的月光，静静地泻在田间作物的叶面上，像洁白的乳汁。漫步田间，微朦的月光下土地是软绵绵的。新翻的泥土散发着一种特有的气息，与小麦散发的清香糅合在一起。细风中，刚刚起身的小麦摇曳着，显示着像人一样努力生长的样子。此景让人心旷神怡。

六月，小麦浑身都变得金黄，在热风的吹拂下，远远望去麦浪滚滚，有些刺眼，有些灼人，甚至让人有些睁不开眼睛。

七八月份，阳光布满田园，满眼的绿色弥漫在空气里。庄稼个个枝繁叶茂，棉花打起花蕾，有的开始结出桃子，玉米结出棒子……

晚上，人们在院子里乘凉，月亮也已爬上树梢，如一面亮亮的银盘，清辉四射。躺在竹椅上、草席上，遥望天上的月亮。月亮在空中游走，一会儿躲进云层，大地便一片昏暗，一会儿又钻出来，大放光明。月亮有时候被一圈光晕围住，有时候像是一只小船在云彩的河流里畅游，时而出没，神奇变幻。看着这浩渺无垠的宇宙，心中充满遐想。正是这个时候，孩子们认识了牵牛星、织女星、北斗星等，还听家长讲了一些关于这些星星神奇的故事。露水悄悄滴下来，暑气渐渐散去，在娓娓的故事声中，不知不觉睡去。大地做床，天空做帐，天人合一，沐浴在天然氧吧里，深吸一口沁人心脾，是何等的惬意。

还有一种纳凉方式，如同杜甫在《夏夜叹》中所说："仲夏苦夜短，开轩纳微凉。虚明见纤毫，羽虫亦飞扬。"只是躺在屋内，夜不闭户，大开门窗休息，至于说还能否像古人那样有闲情逸致，在那里欣赏光影里飞来飞去的羽虫，就很难说了。

夏夜的月光是多情的。月光泻下，整个村庄像披上一层薄薄的纱巾，呈现出一种朦胧的意境美。白天的喧嚣，夏日的燥热，忽而融入月光中，一切回归到祥和的宁静中。

八月的傍晚时分，天空有时候忽然变得昏黄，仿佛万物都被黄色晕染。在黄昏中行走，夕阳的光芒洒满了村庄的每个罅隙，彩霞像熔化了的黄金一般从天上缓慢而黏稠地滴落，奇异而灿烂的光芒笼罩着村庄低矮的屋顶，仿佛给村庄镶上了一层金边。我曾无数次目睹过村庄的黄昏，那耀眼的云霞放射着万丈光芒，依依不舍地向暮色中的树林坠去。天空、云霞、落日，感到有种说不出的神秘感。暮色越降越浓，村舍的轮廓逐渐模糊，有的房子开始透出昏黄的灯光。这看似昏黄发暗的灯光，却充满了家的温馨。

月亮升起，天上很快星光灿烂。有时候，天边会有红色的闪电，若明若暗，甚至还伴随着雷鸣。月到中秋分外明，每逢中秋月圆时，我就会怀念儿时的月光。

中秋节那晚的月亮最圆，也最明亮，像玉盘，用眼睛依稀可见月亮上的嫦娥和玉兔等。那是人们的一种美好愿望吧。月色是那么的清秀，那么的温馨。那晚，多数人家老老少少围坐院中，老人分发着月饼，含饴弄孙。那时的月饼品种很单一，多年从未改变过，手掌般大小，里边的馅儿多是冰糖、红绿丝、芝麻之类的。包装更是简单，将四个月饼摞在一起，用一张黄草纸包着、用一根细细的纸绳扎着。尽管如此，一家人仍然尽享天伦之乐。然而，令人费解的是，时至今日，物质生活与过去相比越来越丰富了，花样繁多的月饼令人眼花缭乱，人们反而与月亮越来越疏远了，即使月亮就挂在高楼上，也懒得打开窗户去欣赏。殊不知，人们在错过欣赏月亮的同时，也失去了很多快乐和美好。

夜深了，月亮愈发显出奇异的光彩来，玉玉的，白白的，泛着涟漪的波纹，很是夺目。农人们并不称其为月亮，而是称其为月姥娘。姥娘即外婆，可见对月亮的亲切。因为在农人们眼里，月具有姥娘的温馨和慈祥，亮是姥娘爱的释放。

我的童年就是在月姥娘的爱抚下度过的。奶奶给我讲过很多关于月亮的传说：月亮上有嫦娥，在树下不知疲倦地捣药，她的身旁还趴着玉兔；还有桂花树、桂花酒，另外一个主人公是吴刚……每当奶奶讲到这些时，我总是一边专注地听着，一边不停地点头，对此深信不疑。

月亮微白淡黄又如水流动的光，仿佛加钙的乳汁，补足了年幼的我成长所需要的营养。所以，后来读到"小时不识月，呼作白玉盘"的诗句时，我总怀疑诗人弄颠倒了：我们可是在不知玉为何物的幼年，早和月姥娘相识相亲，享受着她老人家天大的恩惠了。

月光一泻千里，轻盈纯美，宛若天使，不动声色，犹如一曲婉约的宋词。在寥寥的星辰和厚薄不均的云彩环抱中，它一路优雅前行，始终与人们保持不远不近的距离，给人们带来许多美好的遐想与记忆。

赤裸月光爱这世界上的万物，她把人们视作精灵，人们则把她当成最圣洁的神仙。李白、杜甫被她迷住过，苏轼也被她迷住过，还有很多人被她迷住过，其中包括我。

月光美得有些魅惑，像仙子的羽衣，薄、透、轻、柔，仙子轻轻一挥手臂，月光便如轻纱一般覆盖住村庄、院落、花草、树木、庄稼、农具等万物，一切都变得朦朦胧胧，有着诗意的美感。村庄犹如熟睡的婴儿，沉浸在梦幻里。

金秋十月，天高气爽，丹桂飘香。这时候阳光清凉而又明亮，像秋水一样清明。田野中一片金黄，与夏天成熟的小麦不一样，它们让人觉得温暖，而不是像麦芒一样，令人发慌，甚至有窒息感。

深秋时节，太阳仿佛喝醉了酒，不经意打翻了颜料桶，把明黄、橘黄、杏黄泼洒到田野、乡路、房舍、栅栏上，从田间归来的农人脸上、背上也被泼了一层金色。还没来得及脱粒的玉米穗子趴在墙头上或树杈上龇着大金牙偷笑，甚至让人怀疑它们就是太阳的同谋。落日的红唇被黛青色的树梢含着，温情又柔软。

光照袁庄（二）

夜晚的月光如乳如纱，广阔无垠的田野沐浴在它的光华里，显得宁静而温柔，仿佛有着轻盈的翅膀，从高高的烟囱飘到青灰的瓦上，又落在静默的灶台上，而后融入薄如蝉翼的霜中。似乎还有清冷的声音，细碎的，窃窃私语的，恬淡的，如同夜里母亲哄孩子的催眠曲，抑或路上夜行人清晰短促的呼吸声。

有月光的夜晚，草垛是孩子们的好去处。爬上高高的草垛，双手叉腰，俯瞰一切，幸福和威武让孩子们立马长高。孩子们不时地从草垛上跳下来，向着大地飞翔，一次又一次，无比刺激，又像滚落一地的果实，饱满而又欢畅。向下飞翔，向上生长，是孩子们一生真实和坚定的生活方式。在故乡，我和小伙伴们，常常靠在草垛上数着天上的星星。一颗、两颗、三颗……星星向我们眨着眼，把我们美好的愿望带到了天上。有时候也会把自己埋在草垛里，撒手叉着腿，呼呼大睡，做着美梦。半夜了，鸡鸣了，狗叫了，大家还是不愿离去。我想，是不是早已把天地当家、草垛当房，把温暖的软绵绵的干草垛当作母亲温暖的怀抱了？所以，尽管进入了这个浮泛的尘世，却一直不会迷失自己的方向和目标。那时，许多游戏都是在月光下进行的，对月亮自然有着深刻的感情。

村庄也在月光轻柔的抚摸下，安恬地睡着了。就连爱吠的狗也似乎沉浸在这童话般的梦境中。只有贪玩的小孩子们还在披星戴月，在月光下尽情地追逐，不知疲倦地重复着一些简单的游戏，比如捉迷藏、丢手帕、扔沙包、拔旗子等，那可真是玩疯了、忘我了。

尽管时过境迁，物是人非，但儿时的月亮总是伴着神话和传说，伴着欢声与笑语，在心中明亮着。如今，曾经和我一起玩这些游戏的伙伴们都已各奔东西，成家立业。不知他们是否还记得，那个在月光下奔跑的欢快的童年？

十一月份的时候常常有大雾。早晨起来，一片白雾将村舍与田野罩住，雾散的时候，会慢慢向地面沉下去，有些像《西游记》中的梦幻情景。

冬月里的阳光在门廊里堆积着。早晨的时候，阳光是浓浓的，里面有一层淡淡的红色。到了中午，阳光就变得稀薄，好像兑了水的酒，变得有些混浊起来。

十二月的麦田青绿，麦苗有一股青气。我现在还认为绿色就应是这种气味。中午时分，麦苗在阳光的照耀下，表面又显得有些泛白。深夜，月光垂射，好像有一层蛋清涂着，异常清冷。

腊月的冬夜，月光高高地挂在天空，显得格外皎洁。行人在月光下映出长长的倒影，月光从瓦片缝隙间照射下来，在地上形成不规则的光斑，显得有些冷清。银白的光辉洒在物体上，一层一层的，错落的感觉仿佛事先画好了似的。

子夜，起床根本不需要开灯，借着月光便可小解。这时常常能听到隔壁二大爷打完牌回家时的脚步声和咳嗽声。他打完牌借着月光返回家中睡觉，脚上穿着"茅窝子"。"茅窝子"的声音很有节奏感，像日本人穿上木屐走路时发出的声音。

大雪纷飞的时候，田野成了纯净的地毯，树木的枝干变得白白胖胖。雪光映入，屋子里一下子变得特别亮堂。阳光从各种缝隙中射进来，一块一块地落在地上，中间尘埃飞舞，永无停息。这时才忽然发现，原来空气这么混浊，只是平时用肉眼很难看到罢了。

冬天的清晨早早起床，东方欲晓，月亮还挂在天上，月光下照，与寒霜交映在一起。月光也是冰凉的，它穿越时空，一层一层落在尘埃之上。

一轮明月或如新眉，或如镰刀，或如圆盘，或如明镜。夜半闻私语，月落如金盆，挂在天空无与伦比。

在文人雅士的笔下，月光与夜晚的形态各异。他们大抵喜欢在夜里，任自己的思绪借着月光无限驰骋，于是就有了一大批名篇佳句。我认为最典型的当数："床前明月光，疑是地上霜。举头望明月，低头思故乡。"一些学者认为，用热烈奔放、豪迈飘逸形容李白最恰当不过了，可是他也不免会有"举杯邀明月，对影成三人"的酸楚。人生短暂而明月亘古如斯，其弥漫的淡淡忧伤，已经超越个人的愁思而化为一种浩茫的历史忧愁了。诗人苏东坡在《水调歌头·明月几时有》这一千古绝唱中，于恒久中悟出无常，在对李白《把酒问月》的传承中，将明月与人事、自然与社会紧密关联起来，概括出"月有阴晴圆缺，人有悲欢离合，此事古难全"的哲理名言，显示出一种旷达的情怀，感悟得到进一步升华。王维说："明月松间照，清泉石上流。竹喧归浣女，莲动下渔舟。"贾岛则在开门的吱呀声之前，借着月光给后人出了道难题：鸟宿池边树，僧是推还是敲月下门？千余年来的文人墨客，费尽了心思去推敲，还是推敲不定。还有诗人张九龄的《望月怀远》，其中的经典名句"海上生明月，天涯共此时"千古传诵。

尽管斗转星移，时过境迁，但古人和今人看到的仍是同一轮月亮，普天之下的人们头顶上悬挂着的也是同一轮月亮，古今中外无数诗人吟诵着的还是同一轮月亮。人们通过对月亮的祭拜，和远在他乡的亲友沟通。在家书抵万金的漫长岁月里，月亮的这个信物功能被文人骚客们放大为信念，最后又在月盈之时巧妙地嵌入团圆的寓意，从而成为一种流传千年的精神信仰。然而，随着时代的飞速发展，当下的人们已变得对原本圣洁高尚的月亮熟视无睹起来，面对大自然的馈赠无动于衷，从而失去了月光带给人们的快乐、浪漫与美好。

曾几何时，灯代表着浮艳城市，月亮象征着淳朴农村。但是，灯也象征着奢侈与浪费，月亮也象征着落后与贫穷。月亮和星星在城市灯的海洋里无法显现，唯有在乡村黑灯瞎火的天地中才明亮起来。

儿时的老家不通电，月亮简直就是我心中的万盏明灯。月光是润泽的，它给家乡镀上闪亮的光泽，千古永恒。

多年之后，我来到城市生活，发现这里的月光仿佛掺了假似的。城里的月亮很淡远，在水银灯的搅和下，颜色已不那么纯净了，于是恍然大悟，原来月是故乡明。这些年，我偶尔站在城市的月光下，怀念老家的月亮，心中涌起恬淡与温暖，越发觉得老家的月色是那样厚重和圆满。

月是故乡明。昔日皎洁的月光，曾照亮了儿时的梦想，使我对未来充满着无限的憧憬与遐想。多少年过去了，那些月光下的游戏、故事、笑声……在心里依然鲜活着。那时的月光亮亮地洒在地上，也洒在人们的心上，更是照亮了无忧无虑的童年时光，带给我数不清的愉悦与回味，使我每每忆起总是难以释怀。如今，月光依然日复一日、年复一年地照耀着我的家乡袁庄。可是，月光下的袁庄，不知是否还飘荡着孩子们的笑声呢？

立春和雨水

"春雨惊春清谷天，夏满芒夏暑相连，秋处露秋寒霜降，冬雪雪冬小大寒。每月两节不变更，最多相差一两天。上半年来六廿一，下半年是八廿三。"这首脍炙人口的节气歌反映了二十四节气的名称和次序。二十四节气的阳历时间基本是固定的。每年2月3日至5日的一天，交立春节气。

立春，四季之首，是二十四节气的起点。"立"表示开始，四个季节打头的，分别是立春、立夏、立秋、立冬，它们所对应和处理的农事，便是春种、夏长、秋收、冬藏。

民谚有"立春阳气生，草木发新根"之说。在这一阳气上升，生命勃发的季节，人们以"献羔祭韭"的方式，感谢神灵的佑护，庆贺越历寒冬的新生。同时，人们品味具有象征意味的时令佳肴，以应节气。诗人杜甫在《立春》诗中写下"春日春盘细生菜，忽忆两京梅发时。盘出高门行白玉，菜传纤手送青丝"的佳句，至今仍伴随着春饼、春卷，令人回味。

老家人俗称立春为打春，这个"打"字是多么具有动作力度的体现。正是在"打"下才触动了万物，沉睡的自然界才得以苏醒。打春仅仅是春天的前奏，春天的序幕还没有真正拉开。从冬至日开始数九，数过了小寒和大寒，数过了"五九"四十五天，才迎来了春天第一个日子。

　　立春的日子是悄悄来临的。此时的大地上看不到春的痕迹，依然一片迷蒙，北风依然在肆虐，甚至是雪花纷飞，但春天已经像化好装的演员，在舞台边耐心等待着出场。春的气息在寒风冰雪中启动，渐渐浸润人们的手指，点点滴滴穿透泥土与肌肤。田野里的麦苗似乎还被一层晶莹的冰花覆盖着。料峭的春寒，仍不时让野外的人们打寒噤，头发摇摆，缩手唏嘘，脖子缩着，手放进口袋。因此"全副武装"依旧是冬日里外出的行头，一个都不能少。

　　尽管如此，春天还是真的来了。大红灯笼高高挂起，点缀了北方单调了一季的风景。春天的信息已悄悄遍布了村里的每一寸土地。眼尖的人们会发现，春的信息已挂上了柳树枝头。光秃秃的枝丫，仿佛被施了魔法，瞬间露出了鼓鼓的、茸茸的苞。紧接着，暖暖的阳光也从连续几个月的阴霾中露出笑脸，一缕暖色的微红从河面上折射出来，散发出一层薄薄的雾气。河面冻着的冰块开始融化，重新漾出人们清澈的身影。

　　几天前还把身子紧缩在泥土里的小草，此时也伸出头来，在春的气息里跃跃欲试。枝叶细细碎碎，嫩嫩的黄，浅浅的绿，小小的脑袋，眉眼舒展，模样俊俏，像顽皮的孩童，带着幸福的微笑，含了诗意的期待。"草色遥看近却无"所描绘的就是早春景象。几乎一夜之间，春天就迅速占领了村野的每个角落。

　　雨水就在此时来临。雨水落下来很轻、很细，几乎没有声息。从白昼一直到黑夜，似乎一直下着。先前沉寂的一切，都隐隐地萌动起来。在这样的夜里听雨，心不再蛰伏，远处近处，村野的一切似乎都在紧锣密鼓地酝酿着什么，只待某个时刻来临，便纷纷探出头来……

经过几次雨水的洗礼，渐次盛开的花朵在大地深处逐渐呈现出灼华的一面。风缓慢地吹来了泥土的气息。那些往年的衰草，往年的庄稼秸秆，在泥土里安详地躺着。它们散发的气味，被风飘扬起来。那是一种苏醒的气味、生长的气味，似乎也是一种召唤。冬麦开始拔节，油菜开始抽穗，第一朵金黄的油菜花，像个害羞的大姑娘已秘密做好跟春天约会的准备。一场跟泥土展开的对话，不紧不慢地拉开了序幕……

天空逐渐开阔，没有云卷云舒，极目望去很难找到大片云朵，只有零星的几朵藏在某个角落。乡下有谚语：立了春，光脚奔。这当然是夸张的说法。在南方还可以，在北方是不现实的。但明显的一点是，天气逐渐变暖，阳光似乎明亮了许多。阳光洒在身上，厚厚的冬装格外温暖。阳光很静，洒在大地上，大地就成了一个春天的预备舞台。

季节依附时光，注满自然的灵性，喂养着朴素的乡村，也滋养了勤劳的农人。立春逢正月，立春被包裹在大年里，时光正在年味儿里游走，冬闲的农人很有口福。春天头一茬阳光，鲜嫩洁净，生机充盈。春天初始的风开始减少了凌厉的寒芒，带来了早春的第一缕气息，早晚还是充满凉意，密密麻麻地在村庄上空和田野徘徊。

轮回的节气在人们的期盼中又重新开始了，每个人都萌发了新的憧憬。不管是什么样的命运，为官还是为民，似乎在这一天都能静下心来。漂泊的心灵也回归故土，在亲娘的身边，感受立春的呼吸，静静地倾听新春的祝福。风钻入村舍，走进院落，引爆了贺年的声声爆竹，农家小院喜庆祥和。年的味道扑面而来，醉人心脾。

声声爆竹使阳光更加明亮，季节真正开始轮回。人们心里期盼，赶紧脱掉笨重的棉衣，轻松上阵，轻舞飞翔，把梦挂在枝头，开始生命的旅程。春天的意义变得隽永深长，耐人寻味，同时为人们营造出天地变幻的大戏。

雨水大致在正月十五元宵节前后，每年2月18日至20日中的一天到来。

雨水和谷雨、小雪、大雪一样，都是反映降水现象的节气。雨水不仅表明降雨的开始及雨量增多，而且表示气温的升高。雨水前，天气相对来说是寒冷的；雨水后，人们则明显感到春回大地，春暖花开，沁人的气息激励着身心。春属木，木赖水而生，故东风解冻，温润散为雨水。雨水节气一到，微风轻拂树梢，树间阳鸟起伏和鸣，春雨至矣。

最早的物候历法书《月令七十二候集解》中说："正月中，天一生水。春始属木，然生木者必水也，故立春后继之雨水。且东风既解冻，则散而为雨矣。"意思是说，雨水节气前后，万物开始萌动，春天就要到了。此时，气温回升，冰雪融化。天上有雨，地上有流水，水活万物，故称雨水。在春雨含情脉脉时，柳丝才开始含烟，待柳烟成阵，便春色撩人了。

关于春雨的描述，最经典的诗句当数韩愈的《初春小雨》："天街小雨润如酥，草色遥看近却无。最是一年春好处，绝胜烟柳满皇都。"首句就点出初春小雨的特色——"润如酥"，这三个字形象地描绘出春雨的细滑润泽。紧承首句写出了小草被春雨淋过后的景色，远看似有，近看却无，描绘出初春小草淋雨后的朦胧景象，写出了春草刚刚发芽时，若有若无，稀疏、矮小的特点。接下来的三四句是对春雨春草的赞美：早春的小雨和草色是一年春光中最美的，远远超过了烟柳满城的晚春景色。在写春景的唐诗中，多取明媚的晚春，这首诗却取早春咏叹，可谓别出心裁，将早春的景色之美升华为艺术之美。如果再往深层次剖析可以理解为哲理之美：人对事物的看法和对美的感受往往与距离有关系，关键要把握好度……

在雨水节气的十五天里，从"七九"后一半到耕牛遍地走的"九九"开头，已经完成了由冬到春的过渡。地湿之气渐生，晨间偶见露水和薄霜出现。草木幼芽膨大，迎春花开，油菜起薹，冬麦返青，最需要喂养肥料，早一天追肥，就能早一天茁壮起来。然而，毕竟正月方过一半，农人依然沉浸在过年的气氛里，寂寞了一个冬天的田野，看上去仍是冷清、沉闷的。这个时候，会有纱一般的薄雾丝丝缕缕地从小河上飘拂开来，萦绕着早春的村庄。

正月十五元宵节，亦是新年首个月圆之夜。天上月满，人间福满，灯火齐明，鞭炮不断，烟花弥漫，张灯结彩，人潮涌动，好不热闹！

元宵节过完，整个年才算过完了，人们才真正收心。

惊蛰和春分

一年之中的第一声雷,说来就来了,来得有些猝不及防,总会令人猛一愣神,觉得惊讶。所以二十四节气里,特别记录了这场春雷,认为上天赐以响声的目的,是要唤醒万物。这就是惊蛰。惊蛰古称"启蛰",在二十四节气里排位第三,到来时间在每年3月5日至7日中的一天。天道运行,自有其规,节令就是命令。惊蛰一到,自然界的声、光、色,顿时就有了生气。

《月令七十二候集解》说"二月节……万物出乎震,震为雷,故曰惊蛰,是蛰虫惊而出走矣"。虫子入冬藏伏土中,不吃不喝,乃为蛰。天上的春雷惊醒蛰居的动物称为惊。惊蛰,即"一声春雷动,遍地起爬虫",上天以打雷震起冬眠的虫子。实际上,这些虫子是听不到震雷的,大地回春气温上升,才是它们终结冬眠的真正原因。

惊蛰的雷声仿佛第一声春歌,来得磅礴热烈,唤醒了蛰居的万物和沉睡的生命,让春天释放出特有的魅惑和瑞气。

这时,沉睡的青蛙醒了,蛇爬出了洞,先前在深洞里冬眠的昆虫们,纷纷钻出泥土。它们有的躲在草丛里，有的躲在某块岩石背后，有的甚至站到了树枝上，借助一片绿叶的遮掩，在阳光下鸣叫。不用任何指挥，或独唱，或合唱，乐音此起彼伏，仿佛来自大地的乐队，鼓声齐鸣，它的真切、质朴，是一切人为的乐音所无法比拟的。

燕子也回来了，羽毛乌黑而晶亮，摆动着像剪刀一样的尾巴，轻盈灵动地飞翔……人们的目光随着燕子移动，是那样熟悉与亲切，充满了幸福与憧憬。在故乡，燕子是一种吉祥的鸟儿。大家认为，燕子飞落谁家，谁家就会有好运。因为这样的心理，大家都希望有一对燕子在自家房屋里栖息。当燕子在屋檐下筑完巢，属于惊蛰节气的时光已接近了尾声。

隐藏在惊蛰背后的日子、时序和季节，从万物复苏走向春暖花开，从小雨如酥走向春潮涌动，从蛰虫惊醒走向莺歌燕舞。想想古人真是了不起，区区两个汉字，一个"惊"字，一个"蛰"字，就可以生动宏大地描绘出这个节气来临时的万千变化，而且是如此富有动感和诗意。

贴着地面吹来的风已变轻软，风儿带来新绿的喜悦，落地生根的日子里，阳光像鱼鳞似的闪烁。春雷响，万物长。惊蛰时节正是大好的"九九"艳阳天，气温进一步回升，雨水增多。树枝上缀满嫩叶，大大小小的村子都隐匿在一团团绿雾之中。日照越来越长，田野一望青碧。大地容光焕发，令人略感意外和新鲜。

惊蛰，意味着农事拉开了序幕。"数九"的日子已结束。平静的乡村，蛰居一冬的人们，舒展筋骨开始忙碌起来。艳阳已经高照，农人们吆喝着，耕牛在田间正式迈开了脚步，故有"到了惊蛰节，锄头不停歇"之说，不仅要锄去田间杂草，还要让土壤疏松透气，更要适时追肥，补壮身子。一年之计在于春，春天辛勤播种，秋天才会有收获，人的奋斗也是如此。在这个繁花盛开、万物生长的时节，人们要继续坚守自己的梦想，努力奔向远方。

冬日灰暗的天空渐行渐远，蓝天白云把天空衬得那么澄澈深远。阳光更加明亮了，疏疏穿入窗棂，天空更加明朗了，春色更加明媚了……"儿童莫笑是陈人，湖海春回发兴新。雷动风行惊蛰户，天开地辟转鸿钧。鳞鳞江色涨石黛，嫋嫋柳丝摇麴尘……"陆游的这首诗将惊蛰时节的大好春光描绘得明媚动人。其实，惊蛰不过是春天的开场白，好戏还在后边呢。

春分节气的到来，是在每年的3月20日至22日中的一天。春分到了才是真正的春天。

春分作为节令，早在春秋时就规划好了。那时，唯有立春、立夏、立秋、立冬、春分、秋分、夏至、冬至，即所谓四时八节。一年四季里，只有打头的"四立"和居中的"两分两至"，其他都没带上。在《礼记·月令》一文和西汉刘安等人编著的《淮南子·天文训》一书中，才有二十四节气全纪录。春分古时又称仲春之月。春分的意义在于平分：平分了日夜，平分了春季，为春季三月正中。在慢慢变化的气候里，逐渐分开了冷暖，分开了干湿。

昼夜等长的春分，在归燕的鸣叫中如约而至。春分的到来使人们告别惊蛰的乍暖还寒，脱去厚重的外套，开始换上轻便的衣装，春装在身，冷热正均匀。《月令七十二候集解》中说"二月中，分者半也，此当九十日之半，故谓之分"，春分是个走中间路线的平均主义者，至此，春天已过去一半。《春秋繁露·阴阳出入上下篇》中说"春分者，阴阳相半也，故昼夜均而寒暑平"，意思是说，一年里春分及秋分这两天，物候阴阳对半，昼夜平均，寒暑相平，不偏不倚。故民间有"春分秋分，昼夜平均"的谚语。

春分向花儿们发出了"走你"的指令。于是迎春、梅花、樱花、桃花、玉兰等花儿便先行起来。其实，还有很多不听话的家伙，早已先行一步，比如飞蓬、蒌蒿、艾蒿、蕨菜、荠菜等。春风吹又生，它们通体散发出原野的清香，打开了吃货们的味蕾，成就了舌尖上的美味。没被吃掉的就在田野里羞怯怯地开着细碎的小白花，细细的茎，一簇簇摇曳在暖暖的春风里。

春花秋月无尽期，年年东风不更时。农历二月，又有"杏月"之称。熏风稍一吹拂，杏树枝条便开始着绿，抽出嫩芽。过不了几天，细嫩的枝条上便突起一个个娇羞的小花骨朵。再过几天，满树的杏花开始迎风绽放，粉白的花瓣裹着金黄的花蕊，空气里弥漫着诱人的清香。

春分时节，杨柳吐绿，草长莺飞，春风和畅，春天的气息已扑面而来，是一年中最好的一段日子，天空一碧如洗，春在枝头俏，人在画中游。走进诗人笔下的春分节气，真是别有一番韵味，"南园春半踏青时，风和闻马嘶。青梅如豆柳如眉，日长蝴蝶飞"，在欧阳修笔下春分是草长莺飞、燕歌蝶舞，一派蓬勃盛景。此时是人们踏青赏春的最好时光，置身于田野花海，领略湖光山色，沐浴暖阳春风，释放了身心，愉悦了心情，总有一种勃勃的生机和新奇的东西在飘升。春分人间成烂漫，是树，是草，是花，是地分南北，是时分昼夜，是人间春分。人间春分，花开花落无法细分，悲喜爱恨，得失成败，也无法细分。人间春分，是悲喜同在，得失相拥，留一点儿热闹心去生活，留一点儿孤寂心去思考。

春分既是节气，也是节日，中国古代就有春祭日、秋祭月的礼制。在民间，老百姓会在春分这天进行一项非常有趣的活动——立蛋。因为春分是立蛋的最佳时光。据记载，春分立蛋的传统起源于4000多年前。人们选择一个光滑匀称的新鲜鸡蛋，轻手轻脚地在桌子上把它竖起来。春分这一天平衡性好，蛋站立得最稳。

几处早莺争暖树，谁家新燕啄春泥。树上的黄莺一大早就忙着抢占最先见到阳光的暖树，生怕晚一会儿就赶不上了。透过"早"字和"争"字，让人感到春光的难得与宝贵。衣装鲜亮的黄莺站在树梢上鸣叫，声音拖得很长，还能拐弯，时而婉转似笙簧，时而又突然尖锐如笛音，一边鸣一边跳。如是两只鸟儿飞来绕去玩耍,通常是恋爱了。黑衣簇新的燕子也从南方飞回来了,在旧主家找到熟识的窝巢,正需要取一点儿湿泥拌上自己的唾液进行修补加固。用一个"啄"字来描写燕子那忙碌而兴奋的神情,似乎把小燕子也写活了。

一年之计在于春。春分也是播种的好时节。春分麦起身,一刻值千金。脚下的土地已经焕发新的生机,准备春耕,发展生产,秋天才会有好收成。春分像一支吹人奋进的号角,吹生蓬勃与希望,让我们一起览明媚春光,携梦想起飞。

清明和谷雨

春分后十五日便是暮春时节的清明,清明在每年4月4日至6日中的一天到来。西汉时期的《淮南子·天文训》中说"春分后十五日,斗指乙,则清明风至"。清明风即清爽明净之风。《岁时百问》解释清明节"万物生长此时,皆清洁而明净,故谓之清明"。

清明是春季的重要节气,同时也是重要的民俗节日。从唐代时起,寒食节和清明节都是重要的节日。那时,寒食和清明连起来放假四天,后来延续到七天。宋代时规定放假七天。可见,清明节历来被古人重视。时至今日,清明既是一种节日仪式,也是一种沿袭千年的社会心理。从民间到官方,从传统节日到法定节日,清明节越来越被看重。这种看重是对中华文明礼仪的传承,是对血脉亲情的崇尚。

在二十四个节气中,清明节对我来说印象比较深刻。小时候,父亲经常讲清明节的由来,故事很感人:割股奉君的介之推帮助晋公子重耳复国后却没有接受封赏,而是背起老母躲到深山生活,决心不再参与政治……结果被活活烧死在柳树下。父亲还不忘告诫我,要学习介之推对领导的忠心和对父母的孝心。

草长莺飞日，祀怀细雨天。清明显然又是一个容易令人伤感的节气。"南北山头多墓田，清明祭扫各纷然。纸灰飞作白蝴蝶，泪血染成红杜鹃"，是宋代诗人高翥描写清明祭祖的场景。这时，如果有一场雨相伴，就更能表达追思的主题。"清明时节雨纷纷，路上行人欲断魂。借问酒家何处有？牧童遥指杏花村。"杜牧的这首《清明》流传了千年，诉说了中华民族千年的清明历程。雨中，牧童骑在牛背上，抬手一指，酒旗就斜飘在忧郁的风景里，醉倒了古往今来多少行人！

年年清明，清明年年。伴随着一年年对逝者的追忆，活着的人们也终将成为被后辈怀念的逝者。生与死，湮灭与辉煌，一切自然难以逾越。保持清明的心境和康健的体魄，也许是对逝者最好的慰藉。

古人说"鸦有反哺之义，羊有跪乳之恩"。作为人更要懂得感恩。感恩的方式有多种。对于长辈的感恩也是一种孝心的表达，而这种表达最好是在长辈的有生之年进行。正如高翥所言"一滴何曾到九泉"。因此说，孝心更多彰显在逝者生前。其实，清明祭祖是缅怀先人的仪式，也是一种孝心的表达，更是在呼唤亲情的回归！从这种意义上说，活在当下的人更应倍加珍视与亲人在一起的时光，平日里多一些陪伴与关怀，多一些精神与物质，等将来亲人逝去的时候，才能多一分慰藉，少一分遗憾，甚至是愧疚悔恨。

清明是厚重的，同时也是愉悦的。人们在春天哀悼逝者，同样在春天激扬生命。清明是春天的节日，是亲近自然、品味春天、激发生命活力的时节。踏青郊游，是清明时节与春祭并存的古老主题。在春意盎然的郊野，人与自然交融，放风筝、荡秋千、踢毽子、斗鸡、打球、拔河等，沐浴着温暖的春风，心情被放飞得不想回转，快乐也渐渐从脸上溢满内心，生命在自然中清新地跃动，全身心感受着春天的气息该是何等惬意。

当二十四节气走到清明这个节点时，天变暖了，云变蓝了，地变软了，水变清了，树变绿了，花变艳了。在这样的时节，万物生机勃发，风和日丽，天清地明，让人惦记春天的情愫，同时在心里款款浮动。

早在清明时，谷雨就已蓄势待发了。在每年4月19日至21日中的一天到来。

谷雨，源自古人"雨生百谷"之说。既说明了春雨对于农业的重要性，又说明了谷雨节气名称的由来，是与农事最为直接相关的节令之一。《通纬·孝经援神契》道："清明后十五日，斗指辰，为谷雨，三月中，言雨生百谷清净明洁也。"《月令七十二候集解》云："三月中。自雨水后，土膏脉动，今又雨其谷于水也。雨读作去声，如雨我公田之雨。盖谷以此时播种，自上而下也。"意思是说，此时天气温和，雨水增多，是播种移苗、埯瓜点豆的最佳时节。故民间也有"谷雨前后，种瓜点豆""清明浸种，谷雨下秧""谷雨栽上红薯秧，一棵能收一大筐""布谷啼播春暮日，栽插种管事诸多"等说法。一条又一条充满泥土气息的谚语，生动而又形象地彰显出春夏之交庄稼成长变化的喜人景象，更呈现出播种移苗的一派农忙场面。

"谷雨时节种谷天"的农谚一直是农人们在大地上行走的重要标志。农人们都相信，只有趁着这雨，播下的种子才会更好地生长，更好地赶上季节的脚步。所以每年的谷雨，几乎就成了农人们盛大的节日。他们在希望的田野上舞动着繁忙的身影。农事总是踏着节气的拍子，稳步前行。

其时，北归的鸟儿也仿佛善解人意，忙不迭地提醒人们勿忘农时，最有名的要数那布谷鸟了。耳边响起"布谷、布谷"的啼鸣，悦耳的鸟鸣响彻湛蓝的天空。布谷鸟在天空翱翔，像扩音器似的不知疲倦地鸣叫着。宋代的蔡襄诗云："布谷声中雨满篱，催耕不独野人知。荷锄莫道春耘早，正是披蓑叱犊时。"陆游也有诗曰："时令过清明，朝朝布谷鸣。

但令春促驾,那为国催耕。红紫花枝尽,青黄麦穗成。从今可无谓,倾耳舜弦声。"

谷雨前后,种瓜点豆。所有的农具都睡醒了,它们迈着匆匆的脚步,在湿润的田野上,在广袤的土地上,写下一首首清新的诗。所有的种子在春风春雨的滋润下,在温暖阳光的牵引下,渐次地发芽、开花、结果。质朴的农人总会在这个季节,把对幸福生活的向往和对未来丰收的期盼,用坚实的锄头书写在希望的田野上。他们用锄头耕耘日子,也收获希望。

谷雨也是赏花游玩的大好时节。等闲识得东风面,万紫千红总是春。其实真正百花开放的盛景须到谷雨过后才能看到。梨花如雪,杜鹃吐蕊,樱花烂漫似云霞,最好看的当数牡丹。故有"谷雨过三天,园里看牡丹"之说。元代的王恽曾写道:"问东城春色,正谷雨,牡丹期。"因此牡丹也作"谷雨花"。故有四月的雍容华贵独属牡丹之说。有了这国色天香为暮春压轴,还有芍药吐蕊,蔷薇初芳,樱桃红熟,春夏之交的谷雨应无寂寥之感了。

蝌蚪长成了小青蛙,在田野中蹦跶,仿佛小小的鼓槌,把田野当作鼓击打。而夜晚的蛙鸣,此起彼伏,既像是在歌颂,又像是在催促。田埂上,经常可以看到长尾巴的蜥蜴来回穿梭。天气还不炎热,风吹着,空气中充满了植物的葱郁之气——那是让人怀着生之欢愉的气息,是大地在繁衍生殖的气息。田野完全活过来了。

碧绿的麦子经过一冬的洗礼后在悄然无声中抽了穗,正在全力灌浆,扯断一根壮实的麦秆,三两下一掐,将一头放嘴里咬扁,就能做出一支能吹出音调的麦哨。候鸟们已经返回并开始安营扎寨,它们筑巢、孵蛋、育雏。缕缕炊烟仿佛风筝的线,飘逸着暮春的思念。

谷雨,这个散发着五谷香味又润泽着人间眼眸的节气,端坐在春末夏初,欣赏姹紫嫣红,倾听万物生长,遥望春华秋实。不妨趁着春光正好,去看看绿柳拂岸、鸟弄桐花之景,来一场不负韶光不负己的行走。待春天的一切尽欢而散的时候,才可以自豪地说:春天,我记得你所有的模样!

谷雨生百谷,也生梦想……

立夏和小满

立夏,四月节。立夏是夏季的首个节气,昭示着夏天的开始,温度明显升高,到来时间在每年 5 月 5 日至 7 日中的一天。孟夏之日,天地始交,万物并秀,炎暑将临,雷雨增多。

古籍云:"立夏之日,蝼蝈鸣。又五日,蚯蚓出。又五日,王瓜生。"意思是说立夏节气中,首先可听到蝼蝈在田间的鸣叫声,接着在大地上便可看到蚯蚓掘土,然后王瓜的蔓藤开始快速攀爬生长。《月令七十二候集解》中说:"立,建始也,夏,假也,物至此时皆假大也。"这里的假,即"大"的意思,是说春天播种的植物已经长大了。

立夏至,余春尽。农作物进入旺盛生长的阶段,春天出土的小苗都已经长大了,从此绿树阴浓夏日长。大片大片的槐花似乎一夜之间就全开了。村里村外,一树树白花在风里招摇,老远就能闻到醉人的清香。

古代有很多文人通过诗歌来形象表达立夏节气的气象。如唐代诗人高骈的《山亭夏日》:"绿树阴浓夏日长,楼台倒影入池塘。水晶帘动微风起,满架蔷薇一院香。"古代帝王则在立夏这天,率文武百官到京城南郊举行迎夏仪式。君臣一律穿朱色礼服，佩朱色玉佩，连马匹、车旗都要朱红色的，以表达对丰收的祈求和美好的愿望。

农谚道："立夏看夏。"此时小麦丰穗，菜籽鼓荚，夏收作物年景基本定局。豌豆立了夏，一夜一个杈，摇曳的藤蔓上开满一簇簇好看的蝶形白花。蚕豆也在开花，蚕豆花舞不起来，只能不苟言笑地紧贴在茎秆上直条条地开。棉花地里同样杂草疯长，来势汹汹，锄头一刻不能歇，一天不锄草，三天锄不了。种田就是这样，庄稼捂不住的地，杂草便来抢占，庄稼长得旺，杂草就蔫了势头。真是节气不等人，一刻值千金。

池塘里的蛙鸣急促而嘹亮，不绝于耳，青蛙仿佛不知疲倦的歌手。尽管如此，它们的警惕性依然很高，只要受到惊扰，便会"扑通""扑通"跃入水中，躲进高高低低的水草丛里。蝼蛄和蚯蚓，还有别的一些不知名的小虫子，也纷纷亮开嗓门"唧唧吱、唧唧吱"，叫声忽高忽低，时长时短，嘈杂而繁密。故诗人杨万里有诗句"竹深树密虫鸣处"。蝴蝶在花丛中翻飞。麦田地、菜园旁、草丛里，常有野兔跑出来立起两条后腿向远处张望。

"小鸡来了""小鸭来了""都来买小鸡小鸭了"的叫卖声时常打破村子的宁静。外村贩子会将毛茸茸的小鸡、小鸭、小鹅放在那种多层叠码的巨大扁圆竹篮里，用长扁担挑着走村串户叫卖。小鸡像个黄色小绒球，站立不稳，摇摇晃晃仿佛喝醉了酒。嘎嘎叫的小鸭屁股尖儿稍黑，明显比小鹅机灵活泼，它们都是天生的游泳健将，放到水里就能游。

立夏后，正是从春到夏的转换节点，人的新陈代谢加快，心脑血液供给不足，常使人烦躁不安，倦怠懒散。人们要顺应这一转变，及时调整好自己的起居生活，重在养心。饮食宜以清淡少盐的蒸煮类食品为主，多吃蔬菜和水果，低脂低盐，保证充足睡眠。

天地始交，万物繁茂。

在每年 5 月 20 日至 22 日中的一天，小满到来。小满是二十四节气的第八个节气，夏季的第二个节气。小满时节，日渐长，气温渐热。晴日暖风生麦气，绿荫幽草胜花时。麦类等作物的籽粒日渐饱满，但尚未成熟，夏收、夏种、夏管，三夏大忙的序幕才刚刚拉开。所以，小满之后是芒种。

说来有些奇怪，二十四节气里带有"小"字的节气有好几个，如小满、小暑、小雪、小寒，它们之后就是大暑、大雪、大寒。唯独小满之后对应的不是大满。难道老祖宗不喜欢大满？也许是真的，因为满招损、谦受益。小满，小小地满足一下，还没全满，他人尚可包容。但大大的自满则会让人厌烦和不满，容易阴沟里翻船，招致霉运和祸端。其实，从客观规律来讲，那些较大的满足和好事怎么可能都让一个人撞上呢？从感恩和谦卑的角度来讲，人生小满即足矣！小满不但富有哲理意味，而且不乏人情味，就像一个邻家孩子的小名，寄寓着长辈无限的期望与爱意。人们有何理由不去珍惜小满时光呢？

《月令七十二候集解》说"四月中，小满者，物至于此小得盈满"。小满是指麦类等夏熟作物灌浆乳熟，籽粒开始饱满，但还没有完全成熟，故称为小满。

"夜莺啼绿柳，皓月醒长空。最爱垄头麦，迎风笑落红。"这是宋代欧阳修的《小满》诗句。初夏的晴朗夜晚，杨柳依依，偶尔传来夜莺动听的歌声。诗人惬意地凭窗望景，一轮皎洁的月光照亮夜空。诗的最后一句运用了拟人手法，一个"笑"字赋予了麦子人的情态，生动形象地写出小满时节，百花渐落，未成熟的麦子正在茁壮成长但已灌浆饱满，在微风中摇摆的样子十分娇憨可爱，表达了作者内心的喜悦之情。

小满葚子黑。星星草此时也已悄悄地将田埂覆盖。浑身油绿的桑葚树上已硕果累累，紫红莹亮的葚子染黑了馋嘴孩子的手指和嘴唇。

在小满阳光明媚的日子里，雄鸡时常发出短而急促的长鸣；雌鸡则静静地觅食，悄无声息。鸟雀的叫声，此起彼伏。杜鹃的鸣叫，麻雀的叽喳声，在空气中扩散，在空气中升高。燕子轻捷的身影在空中旋转。池塘、沟壑的青蛙，在寂静的夜晚放开喉咙不停地歌唱，给宁静的夜增添了天籁之音。各种鸟雀，在这个季节开始生儿育女，用责任和爱心构筑温暖的家园，哺育子女成长。

小满的精灵是雨，淅淅沥沥，滋润大地，不急不躁，比春雨火热，又不及夏雨浓烈。在和风中，一点一滴落下，一副温柔可爱的模样。小满时节最忌干旱，小麦将满未满之际，天降喜雨，能不欢迎吗？人盼丰年，还有比这更让人开心的事吗？小麦颜色开始转黄，它们不像稻子会勾头，株株麦穗齐刷刷地向上伸展，颗粒也越来越饱满。顺手掐掉一麦穗儿，在掌心里揉搓一下，再轻轻一吹，便落下一撮胖嫩的麦仁。放进嘴里轻嚼，甜生生的，溢出自然的清香。

芒种和夏至

芒种是二十四节气的第九个节气,到来时间在每年 6 月 5 日至 7 日中的一天。此时已进入盛夏。

清晨的风有些清凉,等太阳慢慢升起来,上午的光线显得灼热,树叶也卷起来了,泛出了白边,人和动物都开始寻找阴凉,也很困倦。人们一般要睡上一会儿午觉,醒来时,额头上往往会渗出汗来。

芒是指麦类等有芒谷物的收割,种则是指谷黍类作物的播种。所以芒种也称为"忙种""忙着种",收割和栽种同步进行,也是一年之中最为繁忙的一个节气。这个时候,世界的宁静与安详,生活的新鲜和惆怅,生命的闲适和从容,都与农人无关。农人只是一门心思忙碌着,丝毫不敢懈怠。如果懈怠,那么注定与收获季无缘,要想收获,就必须耕种,就必须努力,这是最基本的道理。

芒种,一个风吹麦浪,充斥着梦想、播种及收获的节气。仿佛知农事的布谷鸟也在催促着农人"割麦插禾",声音从云端传来。农谚道:"春争日,夏争时。"争时即指这个时节收种农忙的金贵。林清玄在《六月芒种》中写道:"芒种,是多么美的名字,稻子的背负是芒种,麦穗的承担是芒种,高粱的波浪是芒种,天人菊在野风中盛放是芒种……"广袤的田野上,到处是忙碌的身影,正可谓"芒种前后麦上场,男女老少昼夜忙"。

尽管我没有像农人一样全天候劳作,但对芒种仍然感触颇深。用劳其筋骨、空乏其身、弄得人脱掉几层皮来形容芒种一点儿也不为过。每年这个节气,大多数的农人都会变得黑瘦起来。农人在芒种前几天就开始准备麦收的工具,等待开镰。

从田间抢收来的麦子摊铺在打麦场上晾晒一下就要碾轧脱粒了。骄阳下的老牛拉着石磙缓缓地转着圈碾轧,发出吱扭吱扭的响声。几个来回之后,用木杈将地上的麦秆翻个身,再碾。如果老牛突然停住脚步,尾巴根翘起,就说明牛要屙屎或者撒尿。如果是屙屎还好办,迅速拿个木锨接住也就可以了,然后将冒着热气的牛屎丢弃一旁,继续工作;如果是撒尿就不好办了,只好眼睁睁地看着尿洒落到麦秆上。就这样无数个回合下来,便将已经碾轧变形的麦秸秆挪到一边,将散落的小麦集中起来,接下来就是扬场了。手持木锨者通常是家里的男长者,铲满一木锨,向上奋力一扬,落下来基本形成两条线,上风是饱满的麦粒,下风如扇面扬开的是麦芒和麦壳。

麦上场,杏儿黄。挂满枝头的杏儿,黄中透红,闪着诱人的光泽。调皮的孩童禁不住诱惑,或爬上树采摘或干脆手持长杆站在地面上直接敲打,经过振荡的黄杏便会跌落下来,散落一地。如果有几个孩子,就会出现争抢的场面。

芒种炒大麦。大麦是麦子的一种,个头和小麦基本一般大,长着长长硬硬的麦芒。大麦的用途主要是磨炒面。铁锅翻炒,直至颜色变得黑暗,然后放在石磨上磨成粉,闻起来喷香。

芒种一过,便是夏至了,到来时间在6月21日或22日。在户外立根竹竿，一年中，正午影子最短时，便是交夏。过了这一天，阳光直射地面的位置逐渐南移，白昼日渐缩短。

夏至以后地面受热强烈，空气对流旺盛，午后至傍晚常易形成骤来疾去的雷阵雨，由于降雨范围小，老家人形象地称之为"车辙雨"。唐代诗人刘禹锡的著名诗句"东边日出西边雨，道是无晴却有晴"，大概也是受此节气的气象影响而得来的吧。

夏至是二十四节气中最早被确定的一个节气。公元前7世纪，先人采用土圭测日影，从而确定了夏至。夏至不仅是一个重要的节气，而且是中国最古老的传统节日之一。官方自古就有祭祀地神之俗，在民间也有很多习俗。

司马迁在《史记·封禅书》中记载："夏至日，祭地祇，皆用乐舞。"地祇即地神。周代时，每年夏至之日在国都北郊水泽之中的方丘上举行祭典。祭祀共分九个仪程，历时两小时之久。《辽史·礼志》记载："夏至日谓之'朝节'，妇女进彩扇，以粉脂囊相赠遗。"彩扇用来纳凉，香囊可除汗臭，粉脂涂抹身体，防生痱子。宋代《文昌杂录》里记载："宋代官员从夏至这天开始要放假三天，让百官回家休息。"

"杯弓蛇影"的成语典故就是发生在夏至节气里。汉代学者应劭在《风俗通义》中记载："杜宣夏至日赴饮，见酒杯中似有蛇，然不敢不饮。酒后胸腹痛切，多方医治不愈。后得知壁上赤弩照于杯中，影如蛇，病即愈。"该成语后来比喻因疑神疑鬼而产生的恐惧。

古人将夏至分为三候："一候鹿角解，二候蝉始鸣，三候半夏生。"因为鹿的角朝前生，所以属阳。夏至日，阴气上升而阳气下降，所以阳性的鹿角便开始脱落。雄性的知了在夏至后因受阴气的影响而开始鸣叫。半夏是一种喜阴的药草，因在仲夏的沼泽地或水田中生长而得名。由此可见，在炎热的仲夏，一些喜阴的生物越来越多，而阳性的生物越来越少。

人们常用"冬练三九、夏练三伏"来形容刻苦用功之人。因为这是一年当中两个反差最大的时间段，一个是最冷的时节，一个是最热的时节。其中"冬九九歌"流传较广，它是以冬至那一天为起点，每九天为一个九，每一个九都有不同的变化，每年九个九共八十一天。三九、四九是全年最寒冷的时节。殊不知，夏天也有一个"夏九九歌"。它是以夏至那一天为起点，每九天为一个九，每年九个九共八十一天。三九、四九是全年最炎热的季节。它与"冬九九"形成鲜明的对照，而且生动形象地反映出日期与物候的关系。在有关夏至的诗歌中，《夏至》一诗似乎最能具体表现出夏九和物候的说法："骄阳渐近暑徘徊，一夜生阴夏九来。知了不知耕种苦，坐闲枝上唱开怀。"

早晨走在野外，仿佛能听见植物生长拔节的声音。豆棵一天比一天壮实，玉米秸铆足劲儿往上蹿，肥厚宽长的叶片被阳光和风肆意挑逗着。牵牛花把细茎缠绕到玉米秸上，扶摇直上。

绿色无孔不入，弥漫了所有的空间。大树繁茂的枝头，鸟儿嗓音清亮却难觅踪影。由于阳光难以照透，树下总是潮润的，布满细小洞窟和蚯蚓粪便。光照强烈，蝉儿开始聒噪。透过树叶缝隙，循声找到小家伙的身影，通体黝黑光亮，鼓着一对"蟹眼"，肚皮一起一伏，紧贴在树枝上，声嘶力竭地高呼着燥热。但这还不是一年中气温爆表的时候，再过二三十天，才是最热的烧烤天。

小暑和大暑

要说热在三伏，小暑正是进入伏天的开始。暑，表示炎热的意思，小暑意为小热，即天气还没到最热。小暑到来时间在每年7月6日至8日中的一天。《月令七十二候集解》云："六月节……暑，热也，就热之中分为大小，月初为小，月中为大，今则热气犹小也。"小暑由此而来。

二十四节气中，小暑宛如一位风情万种的女子，多情妩媚，撩拨得那些地上地下的小生灵急不可耐地粉墨登场。最早接到小暑邀请的大概是知了。拿到请柬便慌忙从黑暗中破土而出，趁着夜色向树上努力攀爬，极其艰难地完成生命的蜕变后便开始盛夏的鸣唱。盈盈碧水的池塘上，树影斑驳的院落中，篱落疏疏的菜园里，水生陆生的草木、林林总总的菜蔬，都踏着时令的节拍，在各自的舞台上恣意渲染着属于夏日的斑斓色彩。

小暑节气，降雨明显增加，且雨量比较集中。

所谓苦夏，就是"小暑大暑，上蒸下煮""六月不热，五谷不结"……这些农谚俚语是先人用经验和汗水写就的农耕诗篇。乡村的小暑是一首恬淡清新的田园诗，是一壶浓香醇厚的陈酿老酒，更是一幅徐徐展开的生态画卷。绿树浓荫，草木葱茏，满眼都是活泼的蓬勃，连温热的空气里都氤氲着奔放的气息，不禁让人慨叹大自然的造化和生命力的旺盛。

菜园里一片青葱水灵。豆角架上挂出了一束束细长的嫩荚；辣椒猛长，一天一个样，碎花落地，红的青的辣椒们开始在枝叶间探头探脑，挨挨挤挤，窃窃私语，过了夏至日，就出落得一个比一个水灵，一串一串，光彩闪烁；南瓜尽力撑开五角形花瓣，闪着丝绒般的金黄光泽，日头越猛，结出的瓜越好吃；冬瓜大多在地上匍匐前进，仿佛浑身有使不完的劲，藤蔓牵牵绕绕且不断分叉，数日后就会结出比枕头还要大的长满"白霜"的瓜。

连日骄阳似火，进入烧烤模式，万物的日子都不好过。整个村庄好似凝固在燥热的阳光里，只有树梢上的知了在不知疲倦地鸣叫。泥土道路都被晒成灰白色，踩着烫脚，蜿蜒着，向绿野里伸去；柏油马路都有被晒化的感觉，踩上去似乎有些粘鞋。动物们全然没了平时的欢快，好像中了小暑这个魔法师的魔咒，显得没精打采。老牛耷拉着脑袋，嘴巴有气无力地吐着白沫儿；一向爱动的土狗此时也躲在墙角阴凉处伸着舌头喘着粗气；猪在泥水里来回翻滚不愿上岸；柴鸡没了四处觅食的冲动，趴在树荫下张开翅膀一动不动……顽皮的孩子也似乎老实了很多，变得安分起来。暑天里的农人最辛苦，密不透风的庄稼地成了蒸笼，却仍要穿梭在田地里薅草、锄地，与炎热进行着一场无声的较量。

伏者，"伏藏"也，人们应当宅在家中尽量减少外出，以避暑气。

六月六，晒龙衣。这天也许是夏天天气最好的时候，这天晒东西是最理想不过的。老家的人们会将储存在箱子里的各种衣服取出来，在门前或院子里拴上好几条绳子，或干脆在地上晾晒，当然要有铺垫。只要串串门便可知道谁家有什么好衣服，谁家物质条件好。为防止小麦发霉也要反复晒几次,在晒的过程中要翻动几回,奶奶常说"晒上不翻,气死老天"。晒东西时多次翻动的重要性由此可见一斑。

小暑时节,农作物的田间管理不能放松。因为气温高、湿度大,田间的杂草疯长,一些虫子也跟着繁衍滋生,故有农谚说"小暑连大暑,除草防涝莫踌躇"。因此说,暑天里的农人最辛苦。

伏天饭食,清热败火是王道。煮一大锅绿豆汤凉凉后,一气喝下一大碗,顿觉上下通透,周身清爽,可算得上一剂降暑良药。吃的菜也都是从自家地里摘下的西红柿、黄瓜、豆角等新鲜蔬菜,吃法更是简单,大多是凉拌。

小暑时的乡村夜晚也富有情趣。到处都能看到萤火虫灵动的身影,忽明忽暗的点点萤光,在寂静的夜空中闪烁,在徐徐的晚风中摇曳。大门前或池塘旁的老树下,男女老幼齐聚一堂,不紧不慢地摇着蒲扇,漫无边际地扯着家常,嬉笑怒骂皆是话题,以此消磨夏夜的闷热和单调。

大暑的起点,在每年7月22日至24日中的一天。《月令七十二候集解》中说:"大暑,六月中。暑,热也,就热之中分为大小,月初为小,月中为大,今则热气犹大也。"

小暑小热,大暑大热,大暑正值中伏前后,火力全开,是一年最热的时候,也是农作物生长最快的时节。大暑让人们感受到了万物蓬勃向上的活力,领略到了大自然的多元、多彩和多情。勤劳的农人也只好选择时间段到田间劳作,通常是一大早或者傍晚时分,否则,就很有可能会中暑。尽管是一早一晚,仍然会汗流浃背。

通常在半下午的时候,天边堆起黑沉的乌云,树梢摇动,鸟儿展翅疾飞,在田间劳作的人们见此情景也大多停下手头的活儿匆忙往家赶。雷声隆隆,天色越来越暗,空气中充溢着浓烈的土腥味儿,杂草碎屑乱飞,甚至会出现树枝被刮折、墙被刮倒、屋顶被掀翻的场景,直至大雨倾盆而下,劈天盖地。好在这样的雷暴雨来得快,走得也快,待到云散天开,四野清新,斜阳显得分外柔和,人们开始赶往田间,查看农作物是否受损。

雨后,草木叶尖挂着晶莹的水珠,蜘蛛网也因为兜满细碎水珠而斜斜下坠,而它的主人却去向不明,是否还会回来修复自己的家园呢?

盛夏里,晚饭都是在露天吃,主要图个凉快。如果白天没有下过暴雨,就会将一桶桶凉水泼到地面上,热浪腾空而起,水马上被吸干,淡淡的湿痕里,热气很快散去。吃过晚饭,冲个凉水澡一身清爽,接着就要外出乘凉了,而且男人大多赤着背。人们喜欢扎堆。有的手拿芭蕉扇或羽毛扇、小马扎,有的腋下夹一卷凉席,找一空地铺上席子。人们或坐或躺,一边沐浴着凉爽的风,一边开始东拉西扯,天南地北,道听途说,逸闻趣事、插科打诨,说话声里夹杂着笑声、嘀咕声、孩子们的嬉戏声、扇子的拍打声,甚至还有某人控制不住的放屁声……夏夜的故事车载斗量,如弓的残月带着风圈挂在天际。其实,盛夏时节赤身取凉的场景早在一千多年前就被大诗人李白所描绘,其《夏日山中》诗曰:"懒摇白羽扇,裸袒青林中。脱巾挂石壁,露顶洒松风。"

同为描绘酷热炎炎的夏日诗句,由于诗人选取的场景不同,所表达的意境也就迥然。相较于李白诗中避暑消夏之惬意率性的表达,南宋诗人戴复古的《大热》则联想得更深一层,更接地气和民情。诗云:"天地一大窑,阳炭烹六月。万物此陶镕,人何怨炎热。君看百谷秋,亦自暑中结。田水沸如汤,背汗湿如泼。农夫方夏耘,安坐吾敢食!"该诗既写出了盛夏的炎热,更衬托出农人耕种的艰辛,表现了诗人对劳动人民的深切同情。吟咏着古人留下的这些避暑诗句,如临其境,顿生丝丝凉意,夏日的暑气也仿佛随之消散。

立秋和处暑

立秋，人们有"咬秋"的习俗，即吃秋瓜、秋桃等。此为《诗经》"七月食瓜"的遗意。

立秋在每年8月7日至9日中的一天到来，是二十四节气的第十三个节气，更是秋天的第一个节气，标志着孟秋时节的正式开始。"秋"字由"禾"字与"火"字组成，寓意为禾谷即将成熟。各种农作物生长依然旺盛，也到了最关键的时期，开始收获前的最后冲刺，如大豆结荚，玉米抽穗吐丝，棉花结铃，红芋迅速膨大，等等。而有的树木就不同了，如梧桐树的叶子开始凋落，故有"落叶知秋"的成语。

立秋节气的到来，使季节也发生了变化，节气的变化导致一些生物也随之发生变化。善于观察事物变化的文人对此尤为敏感。这在南宋诗人刘翰创作的七言绝句《立秋》中得到彰显："乳鸦啼散玉屏空，一枕新凉一扇风。睡起秋声无觅处，满阶梧桐月明中。"这首诗时令感极强，全诗的境况紧扣题意，构思很巧妙，最大特点是写出了夏秋之交自然界的变化。有的变化是显而易见的，如透过月光看到台阶上落满了梧桐叶；

有的变化则不明显，要仔细甄别，如首句只有通过声音才能判断出树上的乌鸦是"乳鸦"还是"老鸦"；次句写晚上扇子的风特别凉爽。这都反映出诗人对事物的变化特别敏感，对生活的观察与体验特别细致。

此时虽已与夏天悄然完成交接，但并不意味着真正的秋天已经到来。午后的天空仍在燃烧，太阳的每一束光线都放射着耀眼的光芒，树在风中懒懒地摆动身子，热浪扑面，酷暑难当。树上的知了还在声嘶力竭地叫着，田野里的蚂蚱还在不知疲倦地蹦着。故有"立秋后还要热一伏"之说，也因此被称为"秋老虎"。

尽管如此，毕竟立秋了，内心还是会透出隐隐欢愉；难熬的闷热就要过去了，桑拿天不会太长了，凉爽的日子就要到来了。虽然"秋老虎"的威势依然在，但气温总的趋势是逐渐走低，尤其是夜晚，已经透出凉意。秋季是天气由热转凉，再由凉转寒的过渡性季节。

熬过长夏的人们，由于出汗多，睡觉少，胃口差，体重都会不同程度地减轻，俗称"掉膘"。立秋这天，村口大树下会吊起一杆大秤，围拢一群人，大家纷纷双手握紧秤钩，坠身收腿，也就是悬秤称人，在大家的惊呼声中，每个人的体重都得到精准称量。好在伴随着渐起的秋风，人们的胃口又逐渐打开，多打点儿牙祭，补偿夏天的损失，这就是"贴秋膘"。

立秋逢七夕。不论是天上还是人间，都演绎着各自的爱情故事。仰望夜空，渺渺茫茫的天河两岸，牛郎星、织女星遥遥相对，格外明亮。牛郎星与两颗小星星连成一条直线，那是牛郎一担挑着他的两个孩子，附近是一口八角琉璃井，由八颗星连成，因为会面心切，牛郎在井边跑掉了一只鞋子。天涯真的是一步之遥吗？能相遇就是缘分，是缘分就要学会珍惜。愿天上人间都不会再发生类似的悲剧。

处暑，在二十四节气中排位第十四，时间节点在每年8月22日至24日中的一天。很多人不太在意这个节令，有点儿不解这样一个貌似入围暑夏的时段，怎么会混迹在秋天呢？而且还会毫不犹豫地将"处"读作第四声，实际上，这两个字都念第三声，所以感觉有点儿拗口。

《月令七十二候集解》说："七月中，处，止也，暑气至此而止矣。"意思是说，处就是消隐、结束；处暑者，出暑也，暑热正式终结。

处暑后有很多农活儿要处理，如摘棉花、割芝麻、种萝卜等。无论是菜瓜、香瓜还是西瓜，都基本走完了一世路径。它们的根茎被扯离田地，有的被用来沤肥，有的被遗弃在壕沟里或马路旁。

毕竟，处暑是秋的一个关口。故有"立秋十八盆，河里断了洗澡人"之说。意思是说立秋后，每天洗一盆水的澡，过了十八天，进了处暑，往白露那里去，就很少看到有人下河洗澡了。

北边冷空气跃跃欲试，开始探头探脑。夏季称雄的热浪，即使心有不甘，也是大势已去，只得让出主导权，缓步后撤，往南退去。

处暑后有个七月半，即七月十五，那晚的月亮最圆，那天俗称"鬼节"，又称中元节。不论是白天还是晚上，都能看到有人进行祭祀活动，多是烧些纸钱，以示对故人的缅怀。

秋风一天凉似一天。秋风如同柔韧的梳子，把田野梳理得井井有条。

这时乡村秋天的图画，虽算不上绝伦，却值得人永生追逐与游走。其实，夏末与秋初的界限并非泾渭分明，而是浑然天成，就像一幅画，着色与留白之间的衔接，不是戛然而止，而是在淡而无痕的过渡中完成了彼此的交融与分离。

清晨六七点钟的时候，朝霞挂在村子东头的树梢上，整个村庄沐浴在清凉的秋风中。路旁的土地上，蚯蚓翻出了新土；蜘蛛在新织成的网上平心静气地蹲着，守候猎物；园子里蔬菜叶上露水重重；蜻蜓还抱着细枝睡觉，两只纤细的脚爪微微颤动；知了在清凉的空气里默不作声；屎壳郎已将昨天遗留在马路上的粪便拱开了；草丛里的青蛙也来到了大路上，或蹦着或爬着……小孩子们也不会像冬天那样赖床；大人们已早早挽起裤管在田间劳作。秋光如同发亮的汗珠，蓬蓬勃勃地在田野上闪耀。

春种一粒粟，秋收万颗子。秋天是收获的季节、总结的季节，也是文人们伤感的季节。故有"自古逢秋悲寂寥""常恐秋节至，焜黄华叶衰""洛阳城里见秋风，欲作家书意万重"等诗句，这些絮叨也多少给人留下一些苍凉和思念。就连那些不知名的花儿也都透着忧伤和芬芳，在秋天的风中，填补着季节的空白。

其实，更多的是美不胜收，尤其是晚霞游弋西天的时候。

放学的孩子背着书包，玩耍着回到家中，喊叫、嬉戏声洒落了一路。忙碌了半天的人们，也疲倦地拖着农具回家。铁锹、锄头、簸箕、扁担、水桶等集合在一起，东倒西歪。

每到这个时候也是乡村最有生机、最有魅力、最能打动人心的时候。摊晒在房前屋后的，或红艳艳、或金灿灿、或白花花、或黄澄澄的丰收果实，一片连一片，看着叫人心生欢喜和感激。这既是上天的赐予，也是自己的劳动所得，是生活的全部希冀，还有对未来的全部期许。此刻的乡村到处都弥漫着热腾腾的希望和暖暖的味道。

公鸡、母鸡大多该钻窝的钻窝，该上架的上架，只有几只小麻雀还在树枝上跳来跳去，嘴里还偶尔叽喳几声，仿佛在呼唤尚未归巢的同伴。放羊的人也急匆匆将羊群往家赶，吃饱食的它们似乎很兴奋，咩咩叫着，不会过日子的家伙，老是将屎蛋子撒落一地，心疼得放羊人直喊可惜。好吃懒做的小猪，也开始不安分起来，哼唧着要食吃。还有个别馋嘴的鸭子，摇着肥臀觅食，在院子里瞎闹腾，不愿进窝。

秋天，尤其值得称道的是它属于收获的季节，牲畜膘肥体壮，庄稼硕果累累，人们喜悦满怀。清风、云朵、树木、草地等都被涂上了迷人的色彩，让人感受到大地的丰富与幸福，处处呈现出一派令人心醉的兴旺景象！

白露和秋分

两千多年前的秦人唱出"蒹葭苍苍,白露为霜。所谓伊人,在水一方……"的诗句时,二十四节气还没有在中国文化中定名。然而,白露在二十四节气出现之前就已经以诗的方式显示了。白露似乎一直在中国文化中有着很强的存在感。因此说,白露是二十四节气中最有诗意的一个节气。

白露,犹如一个小姑娘的名字,多么好听,多么清雅静美。

白露到来的时间节点在每年9月7日至9日中的一天。此时,天的色泽由浅蓝或湖蓝变成了一种瓦蓝,蓝得深而明亮,翠而透明。天的高度似乎因之上升了许多。此时的风,呈现出一种自由自在、不凉不热、不急不躁的特点,步子缓缓的,动静轻轻的,从容稳妥,恰到好处。

《礼·月令·孟秋之月》说"凉风至,白露降,寒蝉鸣"。农谚云:"白露秋风夜,一夜凉一夜。"另有谚语说:"白露白迷迷,秋分稻莠齐。"白露天气晴,谷米白如银,则是丰收在望的图画。

白露始,气温渐低,夜里草木上可见到白色露水,不会再被蒸发成热气,风不再狂暴,雨不再瓢泼;呢喃的秋虫,将寂静乡村夜晚鸣唱得更加寂静;而乡村的夜似乎也变得越来越长了,人变得沉静而嗜睡。入夜便觉凉意,有高处不胜寒的感觉。故诗人李贺诗曰"月明白露秋泪滴",字里行间流露出伤感。按当时的说法,白露下的清秋已是晨露悬叶、雾锁山野的时候了。

早晨,路旁的秋草倒伏着,像老人的头发一样,白蒙蒙一片,被密密的露水润着,踩上去就是一个脚印。第一缕晨光是淡红色的。此刻,正是大地上露水最充盈的时候。枯败气象的草上都挂着清凉的露珠。直到八九点钟,太阳升起一丈余高,露水被蒸发到清爽的晴空中。一段情缘一颗露,缘起而居,缘尽而散。晶莹露珠内心剔透,折射出诗意的韵味。这白露中的秋意,总给人一种豁然开朗的感觉。

"道狭草木长,夕露沾我衣"是陶渊明为白露的清丽而生出的多情;"露从今夜白,月是故乡明"则是杜甫遭遇困苦,从白露那儿得到的慰藉……吟诵起这样的诗句,人也有了草木的性情。历代的诗人们,正是在这特殊的节气中,与自然一起放慢了脚步,才使这个节气充满了诗意。

俗话说"白露身不露"。意思是说到了白露节气,人们在穿衣服的时候就不要再裸露了。这看似一句提醒人们穿衣服的话,又何尝不是一句人生箴言呢。时至白露,所有的春光烂漫,所有的热情似火,从此都将含蓄地交给秋凉的考验和寒冬的深藏,进入季节的轮回。

白露生在夏秋之交,秋风渐起,阳气渐退,凉意徐生,处在万物由盛转衰的阶段,早晚气温发生很大变化,人们在不知不觉中走进秋天,故有"交了七月节,夜寒白天热"的说法。

白露,常让人收获一份关于秋天、关于丰收的心情。出村就有小草,有庄稼,田间窄窄的小道,被草挤得甚至落不下一只脚。清凉的露水把膝盖以下的裤管打湿了,贴在腿上凉凉的,鞋子也是湿的,而一同被打湿的还有心境。日出而作,日落而息。两头都见露水,老家人祖祖辈辈都是踩着露水下地，踏着露水回家。对此，陶渊明诗曰"晨兴理荒秽……夕露沾我衣"，可以说是农人辛苦劳作的写照。

真正丰收的时节，要待到寒露、霜降，甚至要等到秋后初冬。不是丰收的白露，却是丰收的前夜。以我的老家苏北为例，苹果、葡萄、酥梨、柿子等，已长得足够大了，有的还泛着青色，皮下的糖分还没积攒够，吃起来口感还有点儿酸涩；高粱也没红透，大豆也没有满荚，玉米也没完全老熟……该忙的已然忙过，该有的已然将有，正等待着丰收。

因此说，白露是一个定型的节气——是果，都将由浆变成粉，由酸变成甜，由青变成红；是实，都将由空变成满，由瘪变成饱，由青变成黄；是生命，都将由稚嫩变得坚强，由轻狂变得稳重，由青涩变得成熟……

白露过后，风轻、云淡、天高、水长。这也许是在二十四节气中，我对白露情有独钟的原因吧。

秋分是季节运行中的一个重要节点，到来时间在每年9月22日至24日中的一天。我们的祖先很早就对此有了清晰的认识，早在战国时期就已经形成了今天"二十四节气"之雏形，彼时"秋分"就已名列其中。秋季自立秋始，到霜降止，秋分正好居中，一肩担两头。《月令七十二候集解》说："分者平也，此当九十日之半，故谓之分。"秋分，与春分一样，一天时辰昼夜均分，各12个小时。秋分这一天日月相知，昼夜等长。秋分是一个和谐的节气，是一年之内，天地、日月、昼夜、阴阳又一次动态的平衡。秋分意味着季节从秋天的天高云淡走向肃杀凄凉，再接着走向冬天的天寒地冻。

到了秋分，降水量开始减少，由于天气干燥，水汽蒸发快，所以湖泊或河流中的水量变少，一些沼泽及水洼处变得干涸，即使下雨也不会打雷了。小虫子开始钻进洞穴，用细土将洞口封起来以防寒气侵入，筑好自己冬眠的窝。人们床上的凉席也早已抽去，换上薄些的被褥。乡村多有些清秋的味道了。清晨，草地上缀满晶莹的露珠，踩过后会留下一行清晰的脚印。

月到中秋分外明。对于农人来说，一年只有两个大的节日，除了春节就是中秋节，因此说，过中秋是一件大事。八月望日，正是三秋之中。"年怕中秋月怕半"，这是对时光荏苒的慨叹。但是，当这个盼望已久的喜庆团圆日子到来时，人们还是从心底透着兴奋。因为皓月当空，清辉洒满人间，在月光最好的院子里摆放着切好的月饼和花生、石榴、苹果、雪梨等，边吃边聊边赏月，该是何等的惬意。

这以后大都是晴空万里的日子，故有秋高气爽之说。抬头看看气象阔大的天空，白云悠悠飘浮，不时飞过成群结队的鸟儿，优雅地从人们的视线中翱翔而去。还有很多词语是对此时景象的描述，如凉风习习、碧空万里、风和日丽、丹桂飘香、蟹肥菊黄，等等。天黑以后，小虫子又开始粉墨登场了。月朗星稀，虫的鸣叫声此起彼伏，不知疲倦地给人们送来清凉。

"春种夏长，秋收冬藏"是自然的节律。时至秋分，农人也很繁忙，很多庄稼需要管理，春种的农作物都将陆续被收割，农人一年的辛苦劳动将得到回报。收获之后的田地就要耙，紧接着就要种小麦。故有农谚讲"白露早，寒露迟，秋分种麦正当时"。此时种上小麦，等到了寒露时节，绿油油的麦苗已经钻出地面。随着秋收的渐渐展开，所谓冬藏的日子也越来越近了。

寒露和霜降

从白露到寒露，正好一个月。寒露于10月7日至9日中的一天到来，在二十四节气中排第十七。

寒露是一个成熟而又内敛的节气，此时已褪尽了夏的喧嚣和聒噪。《月令七十二候集解》说："九月节，露气寒冷，将凝结也。"寒露的气温，比白露时更低，地面露水更多，触手冰凉，快要凝结成霜了。再也听不到蝉声了，落叶如蝶，纷纷扬扬，偶尔会看到蚂蚁在啃噬昆虫的尸体。天空中偶尔会有鸿雁排列着整齐的队伍大举南迁。风在这个时候最宜人，风里夹杂着黄豆、辣椒、花生、红芋等作物成熟的味道，弥漫在空气里。

寒露两旁看早麦。寒露的节气虽然没有给人们和万物带来什么明显的变化，但有一点可以提醒人们，提早播种小麦必须在寒露的前几天，否则，寒露来临时就看不到小麦了。

其间，有一个重要的节日——九九重阳节。重阳节，农历九月初九，二九相重，称为重九，民间在该日有登高的风俗，所以重阳节又称登高节。由于九月初九"九九"谐音是"久久"，有长久之意，所以常在此日举行祭祖与敬老活动。九九登高,还要吃花糕,糕与高谐音,寓意为步步高升。此时的天气不冷不热,十分适宜户外活动。阳光煦煦,花儿盈盈。秋天的花草总是能寄托书写不尽的情怀。人们在登高望远的同时,也会情不自禁地思念远在异乡的亲人。在某年这一天,有一个名叫王维的少年诗人,将思念亲人的诗句吟诵成千古名句——"独在异乡为异客,每逢佳节倍思亲"。殊不知,古时候的文人墨客大多不愿意待在家里,一枕山水半枕黄粱,除了为功名,还要游学交友。祖国的大好河山都被他们饱览了,故也留下了颇多抒怀思亲的诗词佳句。

关于寒露的古诗词很多。诗人常常以诗抒情,或者表达人生哲理,将感情融入文采诗词中,给诗句的景色增添了灵魂。如宋朝王安石的《八月十九日试院梦冲卿》即是写于寒露时节的怀人诗。诗的前两句"空庭得秋长漫漫,寒露入暮愁衣单"主要是写景。寒露时节,天已转寒,漫漫长夜,衣单难耐;接着又说"喧喧人语已成市,白日未到扶桑间",天还没有明亮,早市上已经熙熙攘攘。一冷清一热闹,恰好形成对比。看似自然与场景的表达,实则隐含的是诗人内心的清冷落寞。

霜降表示天气逐渐变冷,开始降霜。气象学上一般把秋季出现的第一次霜叫早霜或初霜,而把春季出现的最后一次霜称为晚霜或终霜。从初霜到终霜的间隔期,就是无霜期。霜降尽管给自然面貌带来了肃杀景象,但仍然值得歌颂。霜降在10月23日或24日来临,再过半个月,就要迎来冬天。一路走来,初秋的露水,已经转为白露为霜的透心凉。随着寒冷的进一步渗透,万物逐渐萧索,就要告别秋天最后一个节气了。

露凝霜华,露和霜一样,也是出现于天气晴朗、无风或微风的夜晚。有时,在上半夜形成了露,下半夜温度持续走低,就升级成了霜。记忆里,早上起来推开房门,发现邻居家的屋顶上好像落了薄薄的一层面粉,寒冷的空气扑面而来。举目眺望,田间像下了雪一样。路旁的小草都披上了一层透亮的晶体。白茫茫的景象尽收眼底,十分好看。树下落了一层叶子,田地里未收获的庄稼,基本变了颜色,尤其是红芋秧变化最明显。它们经过一个夏季的阳光和雨露,到了秋天才真正成熟,然后无悔地凋零,大有曲终人散之感,世事沧桑已全然洞悉。一阵阵奔跑的秋风,将辽阔四野的草木与庄稼染上金子般的颜色。

  霜降在古代文人的眼中因为角度不同,所表达的意境也不同。大诗人白居易在这个节气里就成了一个多愁善感的人。秋天本来就容易使人悲伤,加之霜降时节天气骤冷,对于背井离乡的人来说往往会触景生情,心生悲怜,更何况像他这样有过坎坷人生经历的人。于是以《岁晚》为题作"霜降水返壑,风落木归山……何须自生苦,舍易求其难"。在这首诗里,诗人的心境似乎与霜降的节令一样到了暮年,觉得命运已定,无须多言,心灰意冷。同样仕途不顺的欧阳修却没有伤感,想到的只是安享平淡的生活,其诗《新营小斋凿地炉辄成五言三十七韵》的开首"霜降百工休,居者皆入室。墐户畏初寒,开炉代温律",是说到了霜降时节,室外的各种劳作都停止了,人们开始准备躲在室内猫冬了,把门窗缝都给封堵起来,屋子里燃起了红泥小火炉,用来替代暖和的天气。这种小火炉的冬闲生活想来也是很惬意的吧。

  秋将尽,诸花大都归隐,只有一串串紫红扁豆花依旧鲜亮地在枝头绽放,对着苍穹张开飞翔的翅膀。田野里,妇女们仍在劳作,腰间围着一个鼓鼓囊囊的大布兜子,采摘着最后一茬棉花。

  有趣的是,有的蔬菜和瓜果被霜打后却更加爽口,自然界给人们送上的这一"福分",使人有些惊叹和佩服,真是一物降一物,物物有归宿。

立冬和小雪

　　立冬，在11月7日或8日到来，是收藏万物的时节。酿酒、腌菜、舂米，人们为冬贮而忙。立冬与立春、立夏、立秋合称"四立"。立是建立、开始，冬是终了。《说文解字》释为"冬，四时尽也"，冬字下面的两点，表示水凝为冰。《月令七十二候集解》说得更明白："冬，终也，万物收藏也。"秋季作物全部收获完毕，收藏入库，连虫蚁也藏匿了。

　　枯叶深秋随风舞，未雪已尝稚冬寒。霜降过后，立冬就很近了。

　　秋日天高云淡，朗月清辉渐行渐远。从立春到立冬，不算闰月的话，已然走过了287天。此后，日照时间将继续缩短，正午太阳高度继续降低。如果温度降得很低，便会出现初霜，在绿色的植物上尤其明显。

　　阳光很亮，明晃晃一片，野草们都努力地结出籽粒，留待下一个春天，它们奉献了自己，将要圆满走完"人生路"。

　　农历十月的某个早晨，原本泛起层层涟漪的河面突然结了一层薄薄的冰，水波失去了往日的活力。岸上的草木仿佛一夜之间变得面色枯黄，瘦瘦的枝叶上挂着薄霜。落叶铺满了林地和通往村子的道路，乡村的景象陡然狼藉起来。庄稼似乎一夜间褪去了原有的本色，红颜迟暮，繁华落尽。候鸟们又去了南方，只有很少的鸟儿仍在坚守着，在林子里出没，它们从树梢间飞过，树叶从其影子间飘落。那些青苍的枝干直指苍穹，落寞中透出倔强，像最后守望的人群。

立冬以后，空气里的味道也变了，天地之间尘埃落定，世界一下子静谧了许多。乡野的土腥味不见了。落叶的清香、草籽的熟香，以及烟囱里冒出的草木灰的香，夹杂着锅灶里饭菜的香。这些香气弥漫在一起，形成农家独特的味道。此时，落叶行进到中场，草木走向沉寂，空气也在慢慢消散自己的火气，深深呼吸，满鼻腔都是清爽的味道。

月色也添了微寒。田野很静，村庄很静，鸟与虫子早已销声匿迹，从而使整个村子显得有些凄清与荒寂……

初冬翻过秋的最后一幅画面，以庄严肃穆的姿态，走进了人们的视野。拂面的冷风钻入衣袖。初冬，深秋的暮年，有着冬天的寒意，也有着秋的成熟。"荷尽已无擎雨盖，菊残犹有傲霜枝。一年好景君须记，最是橙黄橘绿时。"这是北宋诗人苏轼的《赠刘景文》，由此可以看出初冬的成熟与金贵。

树叶随后枯萎泛黄，被冷风摘下撒落在地上，再化作肥料渗进泥土，悄悄完成了由甘当陪衬到化作春泥的转换。各种细枝、落叶还是农人做饭的上好柴火，将它们晒干添进灶膛点燃，腾起的火苗旺盛而轻盈，如飘飘衣袂的滑柔轻抚。

植物从泥土里获取了太多太多。春天萌发，夏天达到极盛，秋天开始收获，也是为了让已经卸了盛装的大地之母歇下来休整，接下来的一年才能更好地孕育和分娩。

小雪是冬季的第二个节气，在11月22日或23日到来，也是二十四节气中的第二十个节气。"小雪气寒而将雪矣，地寒未甚而雪未大也。"此时天气已经渐渐寒冷，降水形式开始由雨变成了雪，但还未到严冬漫天飞雪时,故称小雪。

小雪位于快要收尾的位置,仿佛小女子,眉眼深婉,显得格外朴素、洁净、端庄、安分守己。小雪节气的到来告别了飒爽金秋,西北风成为常客。北方一个白雪皑皑的冬天即将到来,静待"千里冰封,万里雪飘"的场景,南方也开始变得湿冷起来。

雪虽少见,霜倒是频频露面。"鸡声茅店月,人迹板桥霜",这足以说明,霜时常现身于晴朗的月夜。夜间无云,气温骤降到冰点,近地的水蒸气就会凝结在万物上,形成霜花,有的成为细微的冰针。

小雪前后,早上会有雾,东一团西一团的,村子被笼罩在雾中。这时冬小麦已经出苗,纤纤细细,上面挂满晶莹的霜露。这是秋天收获后大地上生出的新绿。

季节的变迁不禁让人感慨年华似水悄然流逝。正如北宋初年诗人徐铉在小雪时写下的诗句:"寂寥小雪闲中过,斑驳轻霜鬓上加。算得流年无奈处,莫将诗句祝苍华。"可以看出诗人的心情略带些伤感。但是,同样的节气有的文人却又生出不一样的情调,宋代诗人韩维就选择把人生的烦恼暂且一放,在小雪时节前去泛舟游湖:"小雪未成寒,平湖好放船。水光宜落日,人意喜晴天。"

的确,晴朗无风时,常有温暖的小阳春天气出现,不仅十分舒适,对过冬作物的生长也非常有利。农人们总是闲不住,又开始将收割到家里的蔬菜洗净,有的切片,有的直接晾晒,等去掉水分变得蔫巴了,便开始腌制各种咸菜。白菜、萝卜、雪里蕻等是主角,足够吃上一个冬季了。

虽然节气的转换会使风景也随之变化,但只要有好心情,时时都有好风景。冬季不是衰退而是沉静的厚积,静待来年的新生。我们不妨将飘飘洒洒的小雪,看成是轻快前行的脚步,让我们的心灵如雪花般轻盈,不张扬,不喧哗,在静谧中积蓄生命的能量,继续前行。

大雪和冬至

每年 12 月 6 日至 8 日中的一天是大雪。大雪是冬季的第三个节气，标志着仲冬时节正式开始。此时，气温将显著下降。大雪，顾名思义，就是雪量更大、范围更广。古人云："大者，盛也，至此而雪盛也。"如果说小雪是先锋，小心翼翼地试探着一路前行，那大雪就是千军万马的主力，来势汹涌；如果说小雪是一位情窦初开的少女，一言一行尚矜持羞涩，大雪则是一位泼辣的少妇，在大自然这个广阔的舞台上尽情地舞蹈，将天地打扮得一片妖娆。

一看到大雪这个节气，我马上联想到"北国风光，千里冰封，万里雪飘"的壮观景象，同时想到的还有谢太傅于寒雪日召集儿女治学的句子："白雪纷纷何所似""撒盐空中差可拟""未若柳絮因风起"。是呀，那些晶莹的雪花像柳絮，像芦花，纷纷扬扬，为我们挂起了白茫茫的天幕雪帘。它是仙女撒下的碎玉，是月宫桂树的缤纷落花，是翩然起舞的白色蝴蝶。如果少了雪花这个仙女一般的主角，冬季就是索然寡味的。

大雪和小雪、雨水、谷雨一样，都是直接反映降水的节气。大自然似乎读懂了人类的表情,在节气到来时,竟然优雅地、徐徐地飘起了雪,越下越大,成了名副其实的大雪。

12月是多雾的月份。雾与露、霜一样,通常也是出现在无云的夜间或少云的清晨,直至午前才消散,故有十雾九晴之说。虽说午后阳光温暖,但只要西北风一刮,太阳就会隐去。此时阴气下沉,阳气上升,而致天地不通,阴阳不交,万物失去生机。

天低草黄,花枯树秃,季节很显苍凉,透出难以排解的滞重。小麦、油菜已经停止生长,进入冬眠状态;原本嫩绿的叶子,大多变得耷然下垂、萎靡不振的样子。农人们开始给小麦施肥,确保整个寒冬的养分。

北风不断在窗外肆虐,成为常客,一浪接着一浪,于窗户旁聆听,仿佛寒风在呜咽。干瘪的树枝像一些青筋暴起的手掌,在寒风中颤抖。偶尔会传来一声凄恻的鸟鸣声,短促而又低沉。黄昏来临时,夜幕早早地降下了,冷气骤然上升,整个村庄被一层萧瑟包裹着,降雪的可能性比小雪时大了。

夜越来越长,黑黑的夜幕一片沉寂,没有边际。心却是有边际的,在一场迟迟不来的大雪的影子里,每一颗心都让自己醒着,让梦醒着。等到大雪降临了,那个梦也就圆了。落雪的夜晚,天地一片昏暗,没有月亮,星星也藏进了梦里,祖母称之为"温雪"。一场大雪将悄然而至。

翌日的早晨,推门放眼,厚厚的、洁白的雪,从视线所及之处,一直到视线之外,一路铺展着、绵延着;银装素裹,诸声消隐,万物退隐……一切都呈现出一种柔态,一种从未有过的妩媚。整个银白色的世界,刺得眼睛有些睁不开。目睹过春的碧绿,经历过夏的热烈,拥抱过秋的丰硕,再注目雪花飞舞,心底感到渐渐透明与清澈起来。整个村庄沸腾了,而内心却是温暖的、安静的,仿佛能听到雪落大地的声音。

在这个浪漫诗意的时节,不妨放慢脚步,用心体会生命中那些细小而真切的美好。或踏雪而行,感受天地间的纯洁;或安居陋室,拥炉烫酒；或倚门听雪，享受闲情……

这一时期，万物潜藏，养生最好顺应自然规律，起居调养，宜早睡晚起，注意头部和足部保暖，保持平和乐观的心态。

禁不住诱惑的孩子们不畏严寒，在户外狂欢。和玩伴们顶着雪，跑出家门蹦呀跳呀，托起小手去迎接飘落的雪花，其乐无比。等雪停了，便在雪地上打雪仗、堆雪人、奔跑、叫喊、跳跃。或捧或抓，团成团，或放在额头、脸颊，轻轻擦拭，把并不干净的小脸洗净；或放在唇边，浅浅一咬，来一次最亲密的接触；或在雪地上打滚，甚至将平时心爱的"火车头"棉帽子也放在一边冷落起来，疯狂至极。身心像经历了一次圣水的洗礼，从未有过的空灵和宁静！

冬至，既是岁末的重要节气，也是全年一个重要节气。在每年12月21日至23日中的一天到来，一年将尽。闭藏、斋戒、潜心静养，"以待阴阳之所定"。馄饨、水饺等是冬至人们常吃的食物。

在户外立根竹竿，正午影子最长时，便是冬至到来时。《吕氏春秋》说"冬至是日行远道"，即冬至太阳距离我们最远。冬至日是全年白昼最短的一天，短到什么程度呢？下午五时许太阳就要落山了。冬至日和夏至日刚好相反，一个白昼最长，一个白昼最短，又全是到此转身，此消彼长。

冬至是数九第一天，每九天为一个九，从冬至进九到来年春分出九，八十一天共有九个九。这就是一代又一代传诵的《九九歌》："一九二九不出手；三九四九冰上走；五九六九沿河看柳；七九河开；八九燕来；九九加一九，耕牛遍地走。"这首歌谣生动形象地反映出不同时间的季节变化，道出了一些农事活动的规律，表现了我国劳动人民的智慧。

冬天的乡村，太阳格外迷人。农人在暖阳下，各自打发着时光。吃过早饭，老年人开始走出家门到村子里几处人气集聚的地方晒太阳。女人们搬个凳子坐在屋檐下，相互挨着一边纳鞋底一边拉家常。中青年大多在一起闲扯，插科打诨，嬉笑声不断。也有部分勤劳者总是闲不住，忙里忙外不住脚。未入学的孩子们自然有他们的玩法，那就是"斗鸡"，即双手环抱单腿单脚跳着攻击对方，个头稍微高些的未必就能斗过个头矮小的，因为要讲究一个巧劲，这样的活动往往是在孩子不多的情况下进行。一旦孩子多了就开始玩另一种游戏——"挤压油"。一大帮孩子跑到一墙角处，后背贴着墙一字排开，从两头使劲往中间挤，中间的人被挤出来后马上又跑到两头接着挤，就这样循环往复。一会儿就会挤出汗来，脑袋上渗出汗珠，有的干脆把棉袄脱掉。

自古以来，冬至是一个大节气，以隆重程度而言，是冬至大如年。既是官俗，也是民俗。唐宋时期，立春、立夏、立秋、立冬各放假一天，夏至放假三天，而冬至的节日氛围最浓厚，与过年一样，放假七天。《汉书》中说"冬至阳气起，君道长，故贺"。世人认为，冬至是上天赐福的一个吉日，故互相拜贺、宴请，喜气洋洋，堪比过大年。

小寒和大寒

小寒在每年 1 月 5 日至 7 日中的一天到来。由于还处于"二九"最后几天里，大冷未达极点，故称为小寒。事实上，小寒和大寒都很冷，故有"小寒大寒，冷成冰团"之说，也有的说小寒是最冷的节气。之所以将寒冷分为大小，除了表明寒冷程度的不同，还因为冬季的小寒、大寒正好与夏季的小暑、大暑相对应。

气温的高低，与太阳光的直射、斜射有关。太阳光直射时地面接收的光热多，斜射时就少。太阳光斜射最严重的一天是冬至，但最低温却出现在冬至后小寒和大寒之间。这主要是因为白天接收的热量顶不住夜间的散失，但厚土里还积蓄着一些热量可以向上散发，直到十余天后才陆续挥发完。所以小寒时节才是一年中最冷的时候。

树叶早已落尽，平常隐藏在浓密枝叶间的鸟巢一览无余，孤零零地挂在那里任凭风吹雨打，鸟儿也不再光顾。小鸟们显得有些可怜，要么缩在檐下避风，要么站在枝头发呆，全然失去往日的活泼劲儿。西北风刮过光秃秃的树枝，发出呜呜的声音。乡村特别冷，北风呼啸着从村庄上空掠过，吹得瓦片哗哗响，像一双粗糙的手弹奏着有力的音符。屋檐下的冰溜有一尺多长，如锥似剑，阳光一照，那些冰柱闪着银光，像武侠小说里的兵器，寒光一闪，微芒初露，透着凌厉逼人的寒气。大人们除非有外事活动，不然都会缩在家里。唯有孩子们似乎不怕寒冷，仍然在户外跑来窜去，穿得像狗熊一样笨拙，大棉袄、棉裤，头上戴着棉帽子，脚上穿着大棉鞋，几乎成了装在棉絮里的人。

瑞雪兆丰年！晨起推开门，映入眼帘的是银白色的世界。"冬天麦盖三层被，来年枕着馒头睡"，这是农人们最形象的比喻，也是最真诚的期盼。积雪既冻死了害虫，又为农作物创造了较好的越冬环境。积雪融化以后为土壤增加了水分，具有肥田作用。

村庄的院落及道路很快会被农人们清扫干净，而田野里的积雪则要等待着自然消失，整个过程需要十余天时间。阳光灿烂，一片银白色的世界，踩上去就会留下深深的脚印。这个时间段正是猎人收获的大好时机。猎人会带着自家的爱犬，扛着猎枪向田野深处走去，寻觅那些被照花了眼睛的野兔或野鸡，甚至还有慌不择路的狗獾、黄鼠狼等小动物。猎人瞄准目标，悄悄靠近，此时的小动物警惕性显然不比平时，在它们尚未反应过来之时，猎枪响起，大多难逃厄运。有的被一枪毙命后，猎狗扑上去一口叼起来带到主人跟前；有的则带伤逃窜，此时最热闹，因为无论是撵的还是被撵的都无法跑快，深一脚浅一脚，人喊狗叫，乱作一团，各种声音交织在一起，响彻云霄。

到了置办年货的时候了。趁着天晴，要去赶集。此时也是结婚的良辰吉日，每个村子里都会有喜事发生。一是大家都清闲了下来，二是婚宴上的菜肴可以多存放几天。

大寒作为最后一个节气，在1月20日或21日到来。岁月的尽头，风雪的深处，大寒与岁末重合。艰苦的三九已到来，大寒理应比小寒冷，但实际上此时已近春天，所以也未必冷过小寒。故有民谚云"大寒到顶点，日后天渐暖"。《三礼义宗》曰："大寒为中者，上形于小寒，故谓之大……寒气之逆极，故谓大寒。"这时，寒潮南下频繁，是我国大部分地区一年中的寒冷时期，风大低温，常常呈现冰天雪地、天寒地冻的严寒景象。

大寒节气，时常与农历岁末的时间相重合。这个时节，城市和乡村洋溢着节日的祥和喜庆气氛，到处流淌着中国传统文化浓郁醇厚的主旋律，故有"小寒游子要思归，大寒岁末庆团圆"之说。人们开始忙着写春联，剪窗花，赶集买年画、彩灯、鞭炮等年货。辞旧迎新，一起为春节做准备，也是人们最感温暖的时刻。远方的游子也盼着回家团圆，忙活了一年，"回家"二字才是漂泊的真正意义。天气再冷，对回家的渴望，始终最绵远悠长。

进入腊月二十三以后，年的味道就越来越浓厚了，人们进入了过年的状态。沉寂已久的风荡漾起来，乡村也像一个沉睡多日的梦，从那无声无息中悠然醒来。人们开始大扫除、祭灶、炸丸子、蒸年馍、杀年猪、剁馅子、包饺子，等等。这些日子里，家家油锅翻腾，蒸汽缭绕，烟囱从早到晚冒着烟。

当旧年远去，新岁又启时，愿温柔以待，静好从容。

大寒过完就该立春了。季节总是随着年轮的辗转循环往复，如同那些光阴里难以释怀的故事。人生的起伏就像四季轮转，总有那段天寒地冻的艰难旅程。然而严寒褪尽才有大地回春，历经磨炼方可破土重生。耐得冬日寂寞，终见三月繁华。当我们正经历最后的严寒时，其实是走在了迎接春天的路上。风变软，天回暖，一个新的轮回又将在时间中起步了。四时运转就如此首尾相接，无穷无尽。

这些农耕社会的节气，对奔跑在现代生活中的我们究竟意味着什么？简而言之，即花知时而开，人顺势而立，与天地唱和，与万物相谐。

面对一个个迎面而来又匆匆而去的节令,不禁感慨时光的飞逝。在不知不觉间我们失去了很多的旧时景观和对田园牧歌的眷恋,尤其是失去了太多的独具中国农耕底蕴的文化记忆。对于远离故园久居城市的我来说,乡野田园不仅是精神的停泊地,更是灵魂的归依处。

第二辑　农活儿

　　庄稼地里密不透风……汗水不只是浸透后背，而是全身，整个衣服黏黏地裹在身上；头上脸上沾满玉米花粉，汗水伴着花粉流入眼中，火辣辣地疼；胳膊和手则被玉米叶子划出一道道血印子，汗水一浸，其滋味可想而知……

麦收五月（一）

  麦子是苏北老家不可或缺的植物，因为面粉是主要的口粮。我对麦子美好而深切的感受来自家乡的一句谚语"冬天麦盖三层被，来年枕着馒头睡"。隆冬时节，漫天的雪花一飞舞起来，我就记起了这句话。跟人一样，小麦也要过冬的，那厚厚的雪层就是它们的棉窝了。这么一想，麦苗一下子就成了会呼吸、有情感、知寒知暖的活物了。

  经过半年多风霜雪雨的洗礼，麦苗由冬天的弱不禁风到春天的茁壮成长，再到夏天的日益成熟。麦子是最具沧桑感的庄稼，也是我生命里最感亲切、最值得敬仰的一种植物。麦子只是一粒小小的种子，长出一抹弱弱的绿色，却能抵御住整个寒冬的侵袭，也只须一缕春风，便仰起高昂的头颅，开始分蘖、拔节、生长，顽强地吐露出生命的芳华。麦子怀揣一颗感恩之心，默默地回报着大地的深情呵护，永恒无悔地向人们奉献着丰腴的果实。

  时间在变，节气在变，麦子也跟着在变。到了五黄六月，麦苗早已不是麦苗，麦苗成了麦子，颗粒饱满，泛出诱人的深黄，金色的田野仿佛是大地上一团团流动的火焰。微风吹过，平展得仿佛水面般的麦田便掀起阵阵波纹，一阵又一阵，连绵起伏，十分壮观，而且变得愈加成熟与丰满，就像即将出嫁的大姑娘，浑身散发出成熟的光芒，浑身透着喜庆的气息。

麦子成熟仿佛是一夜之间的事，甚至让人有些措手不及。这不禁使人想起"田家少闲月，五月人倍忙。夜来南风起，小麦覆陇黄"的诗句。大诗人白居易的这首《观刈麦》将农人忙碌辛苦的劳作和小麦的微妙变化描绘得入木三分。这诗句便和麦子一起生了根，一代又一代繁衍着、收获着、忙碌着、吟唱着。岁月就是如此循环反复，一辈又一辈的人，一茬又一茬的麦，滋养着下一轮生命从泥土中走出来。

每到麦收前夕，农人们便开始准备工具，有的到集市上购买崭新的镰刀，有的翻出闲置了一年的旧镰刀，旧镰刀上面锈迹斑斑。旧镰刀似乎不是一件农具，而是一件古董，上面落满了灰尘，看上去似乎变老了，刀背黯淡无光，刀口锈迹斑斑，锋芒被铁锈掩盖，如同落魄的英雄满怀着憋屈。父亲一一查验镰刀，轻轻抚拭着曾经锋利无比的刀口，不时地用嘴吹落浮尘，目光里满是疼惜。

父亲磨镰刀的神情是那样的肃穆和庄重。明月在天，形状如镰；父亲在地，腰背亦如镰。如水的月光洒满小院。父亲面前放水的瓷盆里，倒映着一弯月亮。农人磨镰多用油石，石面平滑柔和，磨出的刀刃更有韧劲。父亲蹲在地上，将磨刀石斜着支撑在瓷盆里，双手拿起镰刀，轻放在磨刀石上，往上面撩一些水，然后一推一拉，霍霍声顿时响起，流畅而熟练，暗红色的铁锈纷纷脱落，周围弥漫着浓重的金属味。过了一会儿，父亲的动作变得缓慢起来，轻推慢拉，接着一次次让镰刀浸水、磨砺、擦拭，刀口变得越发明亮起来，直到光亮如初。镰刀又恢复了往日的面目，浑身透着淬火之后的激情，矫健的身影散发着锋利的银光。镰把黝黑光滑，如同抹上了一层光亮的油漆，那是父亲长满老茧的手经年把握的印迹。父亲用指头试试刀口，锋利由指头传遍全身，有种不寒而栗的感觉。握住镰刀细长的腰身，仿佛抓住了一年的收获、辛劳和希望。此时的父亲眼睛里跳动着欣喜。

磨好一把，接着磨另一把。磨镰是个细活，来不得半点儿急躁。终于，镰刀都磨好了，一把把寒光四射，锋芒毕露。

农人们开始在地势较高的地方腾出一块地，用钉耙将地上的土松动后洒上水，趁着地上湿润便套上牲口拉着碌碡一圈一圈地碾轧起来。这碌碡是一种如牛肚状的大碾磙，碾磙两端的中间部位有一个柱形的凹孔，两根连接木框或铁框的橛子分别嵌入凹孔。这是农村最常见、最原始的一种轧谷物、平场地的生产工具。在先民们长期的刀耕火种中，在一代又一代庄户人的传承中，人们愈加认识到了碌碡的重要性，也自然形成了一种对碌碡的膜拜。经过碌碡无数遍的碾轧，那片空地结实而光亮，从此也就有了一个新的名字——麦场。宽敞的麦场拾掇好，只等新割的麦子运进来了。

麦子拔节或扬花的夜晚，麦浪随风摇摆，洋溢着成熟的气息。父亲披着单衣来到田野里，随意坐在田头。那时的夜极静，父亲倾听着来自田野的声音——那时的麦子仿佛处于青春期的少年，骨节开始变粗，嗓音也开始变粗，好像得到了大自然的启示和密码，都争着发言。那些麦子的叶片，一片片像举起的旗子。麦穗像开怀的女人，腹部日益隆起，在微风的撩拨下，越发鼓起身子，展示出丰满的模样。

殊不知，那夜静的下面是动，是爆发。麦子的拔节或扬花的声响，正是这大静与大美的陪衬。那些静则为它们提供了一种氛围和气场。父亲就是在这样的场景里潜伏，像一株庄稼。与土地厮守的人，何尝不是土地上的一茬庄稼呢。一茬庄稼可能是经历了一个春一个夏，或一个夏一个秋，或一个秋一个冬，最后被农人收获，而人则是经历了几十茬的庄稼，最后被命运收走。

麦收五月（二）

麦收是一年之中最为繁忙的一个季节。

天真的晴了，烈日当空，一望无际的田野满目金黄，流光溢彩。微风拂过，麦浪此起彼伏，浓浓的麦香气息弥漫开来。密密匝匝的麦子真正成熟了，麦芒变得坚硬刺手，麦穗变得圆润饱满，互相接触着发出"嗦嗦嗦"的脆响。蓝蓝的天上盛开着洁白的云朵，如棉似絮，如雪似雾。那云卷云舒千姿百态，变幻莫测，时而像草原上游牧的羊群，时而像奔驰的骏马，时而像浓墨重彩的山水画卷，时而像轻描淡写的田园写生图……一阵阵清脆的布谷声，好像从幽远的天际传来，日夜不停。不妨将难懂的鸟语翻译为"快点割麦、快点割麦"，仿佛在催促人们。

每当听到这布谷声，我的心里总有一种说不出的神秘与感动。布谷鸟，这个大自然的精灵，经年的光阴里不知道它栖身何处，但只要麦季一到，它又准时飞来，而且从未发现它驻足休憩，更未见它吃食。如此的不辞劳苦又是何为？我恍然大悟：布谷声声，既是吉祥的鸟儿在为农人祈求麦季有个好收成，又是为辛劳的农人献上的一曲丰收歌！

父亲决定开镰。天刚蒙蒙亮，父亲便吆喝全家人起床，拿着在油石上磨过、闪着寒光的镰刀下地去割麦子了。那是农人的重大行动，如将军夜行，前驱赴敌，要用血肉之躯及汉代就已使用的镰刀，与那些麦子进行一场损耗与杀戮。镰刀闪着光，颤动着收割的兴奋。开镰之前，父亲会采撷一枚麦穗，在手心搓了又搓，吹开麦芒，捏住几粒饱满的麦粒放进嘴里，咀嚼几下，饱经沧桑的脸上乐开了花，眼里发出异样的光芒。

每年的第一镰，父亲都当仁不让。他站在最前面，左手拢麦，右手执镰，轻轻地一挥——哧！举起一束麦在家人面前高高扬起，如同扬起一面旗帜。于是其他人也开始挥动镰刀，"哧——哧——哧——"面前的麦秆应声倒下。大家都是割麦子的行家，大都一个姿势：弯着腰叉开腿，左脚在前，右脚稍后，左手把麦，右手持镰。只听得镰刀嚓嚓响，麦子哗哗地倒下，一铺一铺的麦子整齐摆放着，在身后延伸。

田垄间的父亲比平时瘦小了，神情变得恭敬了。他放慢脚步，好像怕惊吓了熟透的麦穗。在天色微明的田野上，看到麦子一片片倒下，父亲低着头，好像眼睛里只有麦子和泥土，但我知道，父亲也是把自己看成一穗麦子。他们都是来自土里，一样的沉静，一样的朴实，一样的肤色，都是生活的本色。汗水一道道从脸上、身上往下淌，流在被麦芒扎的地方，火烧火燎般刺痛。腰酸得直不起来，背疼得如针刺。手上、胳膊上、腿上、胸膛上，也会被麦芒、镰刀、绳索损伤，留下伤痕。镰刀带起的尘土，被吸进嘴里和鼻孔里，吐出的痰也是黑的。尽管如此，一些男劳力仍光着膀子，甩着赤膊，扭着腰胯，挥着镰刀，拼命地从地这头朝地那头赶。夏天的旋律是紧张的，农人们的每一根神经都被绷紧，只想着抢收。也许这就是命运——互相制约，消耗磨损，麦子的命运也是农人的命运。

我有时想，世界再大再复杂，也如同一片麦地，从庄稼的生长，从耕种与收获的轮回中，目睹到它变化的轨迹，更能领悟到它运行的意义。烈日下，像父亲这样汗流浃背、勤恳劳作的人才是真正感知世界的人。

火辣辣的日头，热腾腾的大地，空气中没有一丝风，麦子与太阳是一个颜色，除视野里仅有的几点绿茵之外，全是亮黄一片。麦地里如同大蒸锅一样，令人无处躲藏。然而，这样的天气也是人们所盼望的，人们心中最大的愿望就是趁着天气好赶紧收割，确保颗粒归仓。至于自己被晒和劳累又算得了什么，要知道这可是全家人一年的口粮。

麦子熟得快，天气变化也快，如顽皮孩子的脸说变就变。上午还是响晴，下午却乌云密布，甚至会大雨滂沱。农谚说麦收有五忙：割、拉、打、晒、藏。从收割到进仓，每个环节都松懈不得。

干累了，伸伸懒腰，抹去额头的汗水，看看天，撸撸袖子，往手掌上啐一口唾沫，便又低下头接着干。镰刀在阳光下闪过一道道明亮的弧线，如同流星划破夜空，唰唰声此起彼伏，犹如一首动听的劳动者之歌。如今，想起那古铜色的脊梁上不断渗出的汗珠，不禁对那些常年躬耕于田野的农人们产生由衷的感激之情。再也不难理解"粒粒皆辛苦"的道理；再也不难理解为啥农忙时节，火车和汽车站会那么拥挤；再也不难理解为啥小区旁正在建设的工地突然会失去往日热火朝天的景象。作为农人，这个季节对他们来说是累并快乐着的日子。

"妇姑荷箪食，童稚携壶浆。相随饷田去，丁壮在南冈"的诗句是麦收繁忙场景的真实写照。

半晌的工夫，原本波澜壮阔的麦海变得平静了许多。割下的麦子被有序排列着，只留下矮矮的麦茬，远远望去像黄地毯，可踩上去并不松软。割下的麦子要扎成捆，通过肩扛、手提、担挑、车载等方式运送到打麦场。早些年，要用耕牛拖着碌碡在摊铺成片的麦场上反复碾轧，还要经过数次的翻晒。烈日下，父亲站在麦场中间，一手扬着鞭子，一手拽着缰绳使劲地吆喝着，牛拉起碌碡一圈圈地碾轧起来，步履缓慢，显然很吃力。父亲那黝黑裸露的脊背上不停地滚动着豆大的汗珠。

后来收麦子改用拖拉机，工作效率大大提高，但仍需要人工协助翻晒。再后来又改用脱粒机，只要将整捆麦子填进脱粒仓里，就可以直接将麦穗脱成粒。虽然程序简化了，但需要多人齐上阵，忙而有序，为了抢时间，常常是通宵达旦。一场没有硝烟的战斗结束后，脸上全是灰尘、汗渍和笑容。看着堆积如小山的麦子，全家人如释重负，累在身上，甜在心里，全家人一年的口粮有了保障。

接下来就是扬场了。扬场可是有技巧的，当年父亲教给我的扬场诀窍，至今仍记得：会扬场的一条线，不会扬的一大片。顶风高扬场，顺风颠簸箕。

随着机械化程度的提高，耕牛、拖拉机、脱粒机在逐渐淡出，取而代之的是联合收割机。眨眼工夫，大片的麦穗在机器的轰鸣声中、在人们的观望和惊叹中便荡然无存。三三两两的农人驾驶着拖拉机等运输器械，悠闲地等候在地头，谈笑风生，幸福的心跳与收割器械的轰鸣融合在一起，丰收的喜悦荡漾在脸上。曾经让人忙得顾不上吃饭、累得直不起腰的时光一去不复返了。当年的割麦场景再也找不到了，村边金黄的麦秸垛也消失了，镰刀、木锨、杈之类的农具恐怕有好多农人都不会用了……已经远离麦田30年的我，再也回不到昨天。但是，每到麦收时节，昔日忙碌的场景都会在我脑海中浮现。那种混合着阳光、泥土、露珠和麦粒的清香，已经浸入骨髓。那是一种根植于心田、永不磨灭的味道。想起当年麦收时，总有一种温情从心底泛起，悄悄溜进我的心房，挥之不去，那就是老家的味道。

红芋词话（一）

　　有的农作物因地域迥异而称谓不同。名字最多者，大概当数红薯吧。红薯又名番薯、甘薯、山芋、地瓜、白芋、红苕、线苕、白薯、金薯、甜薯、朱薯、枕薯等，老家人则习惯称为红芋。

　　红芋曾是一个时代的象征。经历过20世纪五六十年代的人，记忆最为深刻，那个年代的人大多落下胃病，都是红芋惹的祸。一提起它，人们胃里就要泛酸，条件反射。母亲常说，在"大跃进"的时候，红芋救了很多人的命。由于浮夸风狂吹，害得人们不再将红芋当作救命粮，那年秋收时节，却没有人收获它，直到第二年饥饿降临了，人们才想起它，但为时已晚，它已经腐烂在田地里。当年饿死了不少人。这一血的教训深深地烙印在人们的心里。

　　当年老家的土地贫瘠，沙土地、盐碱地居多，小麦长势不旺，亩产自然不高，而红芋却很争气，一结就是一嘟噜，产量很高。在农村未实行分田到户之前，都吃大锅饭，共同耕种，共同收获。生产队根据每户人口分口粮，小麦往往人均百余斤，而红芋却很多。因为从深秋到初春，它一直是入口食物的主角。这样的情况一直延续到改革开放初期。

  红芋的生长周期较长，要经过整个夏季。每年麦收季节过后，人们便开始整治麦茬地。约每隔一米宽就要挖一条小沟，一是为了排涝，二是管理行走方便。红芋秧截成一小截儿一小截儿的，两三个叶子就是一棵秧苗，以约一尺的株距与行距栽入土里。通常留两片叶在地面上，如此栽下去，很快便连成一大片。栽入地下的红芋秧，就会安下心来，踏踏实实扎根，有旺盛的生命力，完全称得上是一种朴实而坚韧的庄稼。别看它们初栽下时蔫头耷脑的，只要栽下后及时浇足水，一夜之间便舒缓过来，一副活泼充满生机的模样。若再经过一场连绵细雨，更能催生出红芋秧的向上力量。20天左右，开始给红芋松土了，一来可以保墒，二来可以翻秧，阻止次生根生长旺盛，因为一棵红芋会发很多股秧，如果秧子过长就会影响果实的生长。果实就在根部，通过秧苗传输养分，不断在地下膨胀，从表面看是不容易发现的，果实大多被土掩埋着，真有些"明修栈道，暗度陈仓"的味道。

  有关红芋的记忆是一幅夏天成长的盛景。大地到处绿色满目，炽热的阳光全力进行着光合作用，万物在生长拔节中呈现出生命的旺季。红芋苗努力成长着，一天一个景象。从四片叶长到六片叶再到八片叶……没几天，地里的黄土已被新绿的叶儿覆盖。

  金秋时节的红芋是丰盈的，像一个朴实的农妇，穿着一身布衣，站在广袤的田野里守着自己的家园。一畦一畦的红芋正在和季节赛跑，斗志昂扬，绿叶翻滚。红芋叶子宽厚，敦实，满身透绿。红芋梗鲜嫩、粗壮，肉多筋少。不服输的红芋叶梗着脖子，仰着头吸收着天地雨露的精华，顺着经纬清晰的脉络将其源源不断地输送到根部，把纤细的根茎孕育成硕大的果实。红芋田仿佛一张铺开的大网，网住了农人对丰收的期待。孕育的果实是人们赖以生存的命脉。乡村和红芋紧紧拥抱在一起，让农人的脸上绽放出灿烂的笑容。

长过了炎夏，经历了秋风，悄声无息间，红芋的香甜就开始在村庄的上空弥漫开来。孩子们等不及收获，便窥探起日渐隆起的地皮，土地松软得像厚厚的海绵，等到地皮像孕妇的肚皮"炸裂"开来后，偷偷扒开纵横错节的藤蔓，手指顺着被撑裂的地缝伸进去将覆盖的薄土抠掉，红芋就暴露了出来，或淡红色，或褐色。在时间的历练下，久而久之，红芋中所渗透的泥土气息，也随着体内的消化慢慢融入人们的血液和灵魂深处。有人禁不住拣个大的掰下来，再将土覆盖好，伪装成原来的样子。有的直接生吃，有的烧熟吃。烧熟吃虽费些工夫，却味道独特，咬一口漾着蜜汁一样的红芋肉，满嘴都是甜香，令人回味无穷……

霜降过后，藤蔓变得日渐枯黄，真正收获的季节到了。生产队组织，男女劳力齐上阵，女人多是收割红芋秧。先将匍匐在地上的红芋秧提起，把那些鲜嫩的叶子攥在手中，顺手一镰刀，那流淌着白色汁液的梗叶便脱离了大地，彻底告别蛰伏了两个季节的温柔之乡。大地立刻变得清爽洁净起来，好像等待生产的女人被剪了长发。一切都是丰腴的、饱满的、温柔的。于是一场声势浩大的刨红芋运动便拉开了帷幕……

丰收了的红芋堆积如山，短时间是无法消耗掉的，于是化整为零，一部分留在当下食用，一部分用于窖藏。

每当秋季，红芋便冲上了人们的餐桌，家家户户飘出的炊烟含着甜腻的味道。农人把它作为主粮，所谓"一季地瓜半载粮，一日三餐全靠它"。过惯了以面食为主的苏北人怎么也适应不了日复一日、年复一年以芋代面的日子。舌尖上的地瓜在我的记忆中有些杂乱，甜中伴着些许苦涩，做法不同，味道迥异。那几年，我家顿顿都吃红芋，在晚上还要喝难以下咽的芋片汤。母亲由于家务繁忙，有时顾不上做饭就把煮好的红芋放在灶台上，我放学后，馏好的红芋就算午饭的主食了。

由于反复蒸馏红芋，时间久了，锅底便沉淀出一层糖稀，当揭开锅发现后，如获至宝。以后，每当蒸红芋时不由得总惦记锅底的那份甜蜜。

在红芋的陪伴和滋养下，人们度过了一个又一个冬天，体验着有苦也有甜的生活，盼望着下一个春天的到来。

红芋用土窖储存起来的办法，不知从何年沿袭下来，虽土却很实用。老家人称土窖为红芋窖，因为其主要功能就是储存红芋。土窖一般挖在院子内地势较高且不常被占用的地方，窖口仅能容下一人进出，至地面以下三四米深，再往四周延伸，像个宝葫芦，口小肚大，大的能容纳数千斤，甚至上万斤。储存在窖里的红芋经历一个漫长的冬季都不会变坏，随吃随取，全家人一个冬天的口粮基本解决了。

窖藏的红芋主要用来烧红芋"糊涂"（方言，比稀饭稠一些）。儿时，我几乎天天早上喝红芋糊涂。红芋糊涂的主要成分是水、红芋、面粉。其中用来勾芡的面粉通常是棒子面（玉米）、白面（小麦面粉）混合起来的，前者比较多，后者少些，主要是因为前者收成比较多。为什么红芋糊涂都很稠呢？主要还是压饥的缘故，既可充当主食，也可充当汤水，起到了两者合一的作用。

红芋下锅时，需要用刀砍成若干块不规则的形状，主要便于煮熟。

等到红芋熟了之后，便开始勾芡，芡的多少决定着稀稠程度。如果太稀了也不好喝，正所谓清汤寡水；反之，太稠了也不行，几乎凝固了且容易煳锅，很难喝进肚里，所以要恰到好处。

喝红芋糊涂时要小心，不能心急，因为糊涂比较稠，所以散热要慢些，如果匆忙喝下去就很可能烫坏嗓子。故老家人常说"心急喝不了热糊涂"。这看似很平常的一句话，其实蕴含着人生哲理。

红芋词话（二）

红芋还有一部分被磨碎制成淀粉后做成细粉条，老家人称之为漏细粉。

漏细粉的第一步是沉淀出淀粉团。先要将洗干净的红芋运送到固定的加工地点粉碎，然后放在大缸里用水浸泡，用手揉搓，用棍子搅拌，为的是让淀粉充分释放出来。浸泡小半天后，再把碎红芋装入布兜，汤汁很快过滤出来，在一个个大盆里沉淀。布兜里的红芋渣单独晾晒后，既可以人吃，也可以喂养牲畜。

淀粉团很快沉淀到了盆底，等其凝固了将上面的水倒出来，这样淀粉团就做成了。如果要求精加工，使淀粉更加洁白而纯净，就要再加水将淀粉团溶解，如是反复沉淀。然后，分装在若干个粉芡兜内，悬挂起来控去水分，就变成了一个个大硬坨。再把它们掰成小块状，放在箔上晒干就做好了，然后储存起来等着漏细粉。

等到人们开始穿棉衣的时候，地里的庄稼也都收获完毕，人们进入冬闲，也是漏细粉的最佳时机。几户邻居在一起商量漏细粉的事。父亲不光会教书,也是漏细粉的"好把式"。按照约定的日子,邻居们各自拎着淀粉聚集到忠良家。大伙在院子里垒起灶台,架上一口大铁锅,锅台旁边放着一口水缸、一口面缸和大大小小的铝盆。锅底烧起劈柴,一会儿工夫锅里的水便沸腾了。

  漏细粉首先要"打糊(hù)",这是关键的一步,需要经验和技术。所谓打糊,就是把少量淀粉放入一个小盆,加入温水搅拌成稀糊状,然后将小盆放在盛有开水的大盆里加热。加热的程度全凭经验,手指便是温度计,觉得可以了,就在另一大盆中放入明矾,加上开水搅拌,等明矾溶解后,将糊倒进去,用木棍朝着一个方向快速搅拌,直至成为透亮的稀糊。接着把糊倒入盛有淀粉的面缸里,几个壮汉围住面缸,不停揉搓。父亲站在一旁,看揉得差不多了,揪出一小块在手里捻捻,一看没有疙瘩、不黏手、均匀细腻了,开始试漏。把揉好的糊装进特制的木头漏瓢或者用葫芦改造的漏瓢,漏瓢留有把柄,瓢底钻有圆孔。如果试着流畅不断,就说明糊和好了。

  锅里的水沸腾着。父亲站在热锅前,左手握住瓢柄,右手握拳捶打左手腕,通过震动使粉糊从木瓢里汩汩地漏入锅中。父亲聚精会神,不紧不慢地移动漏瓢,动作舒缓而优雅,身旁专门有人负责向瓢里续粉糊,专门有人按照一定的尺寸负责截断粉条。粉条漏到锅里,很快便从沸水中浮起,浑身晶莹剔透的样子。如此加工而成的粉条柔韧耐煮,颜色黄里泛白,晶莹剔透,口感顺滑,非常好吃。

  另有人拿着特制的长筷子把粉条从锅中捞起,放进盛有冷水的大盆里。待冷却后,将粉条搭在一根根光溜溜的竹竿上晾晒。粉条会在寒冷的夜间微微冷冻,第二天解冻后用木棍轻轻敲打,除去冰碴儿,粉条就不会再粘连,再接着晾晒数日,直至变得干硬为止,才开始收获。

  大人们忙活着,孩子们也跟着凑热闹,眼巴巴地看着,当然主要是为了解馋。那些出锅后断掉挂不上竹竿的碎粉条和一些余头,往往会犒劳孩子们。新漏出的粉条又糯又筋,带着甜味,一口气能吃下半碗,如有条件者最好放点儿醋,搅拌一下,酸溜溜的味道,感觉更好!

更多的一部分红芋要切成片后晾晒。切片不能用菜刀,那样即使手腕累断也很难切完,须用专业工具。那个工具被称为"刮子",即在一块长木板的中间留有长方形孔,再镶嵌一刀片,留一缝隙,正好是红芋片的厚度。按住红芋使劲推动,跟搓衣板相似,一片片闪着汁液光泽的红芋片就落在板下的筐里。这是个细活,掌握不了技巧很难使其厚薄均匀,有时不小心还会刮伤手。姨姐大英是个能手,常常帮助我家刮红芋片,有时一干就是大半夜,累得腰酸背痛。那些日子里,家家户户都要忙活到深夜。李白有诗曰"长安一片月,万户捣衣声"。我将其改为"乡村一片月,户户切芋声",觉得最恰当不过了。

第二天一大早,人们便将红芋片装上平板车拉到村庄外的麦田地里,大把大把撒开,天高云淡,不出两天,红芋片就变成雪白的芋干。远远望去一片银白,甚是壮观,这也算是村里一景了。大片的芋干仿佛与白云连成一片,天地无限苍茫。人在其间,飘飘欲仙。

还有一部分红芋片被晾晒在铁丝上。这是个慢活,需要一片片挂上去,每片都要切上刀口。挂着晒的时候,也要有技巧,不能用力过大,否则容易造成芋片断裂;也不能用力过小,否则就不牢固,过不了几天就会掉下来。童年的我在挂着晒的时候往往忍不住咬上几口,鲜芋片被咬出一个豁口,然后再挂上去。红芋片晒干后储存起来,主要用于冬天烧糊涂。

晾晒需要一个过程,其间如遇天气变化,全家人往往齐上阵,稍有迟缓,奶奶便会唠叨甚至发脾气:"又喝大胆汤了,万一被雨淋了咋办?'五八'年的日子又忘了……"望着被突击抢收回来的一大堆红芋片,奶奶饱经沧桑的脸上绽开了花。

红芋干磨成的面粉很白,甚至超过了小麦面粉,可惜一沾水就现了原形，变成黑红色，通常是贴锅饼、做窝窝，趁热吃，黏黏的，微甜，一旦凉了，就会变得乌黑发亮，既硬又难吃。

红芋可谓浑身是宝。嫩叶当蔬菜，薯块当粮食，芋秧当饲料。家里人曾炒红芋叶，蒸芋叶窝窝头，只是都不太爱吃。今天，一些农家乐饭店仍然有这道菜。据说，此物不宜生食。蒋子龙在其小说《农民帝国》中，形象地描写过一位饿极了的社员因偷吃了生产队的地瓜秧而严重便秘的痛苦。在我的老家，人们过去一般是将地瓜秧晒干，粉碎后掺入饲料喂猪。听父亲说，在三年困难时期，农人把这东西也都吃光了。我问父亲："这东西怎么咽得下去？"父亲感慨说："那个时候，连树皮都啃光了，红芋秧已经算好东西了，你是没尝过挨饿的滋味啊！"

贫瘠而朴实的土地接纳了红芋，接纳了这种作物的生长。红芋也秉承了土地的品性，不事张扬，没有艳丽的花朵，没有高悬的果实，沉静地向着土地深处扎下根，谋求成熟圆满，默默滋养着农人。红芋始终以谦卑的姿态呈现在土地上，贴紧土地，悄无声息。年复一年，岁月流逝，乡村的容颜已改，只有谦卑的红芋依旧在土地上默默地奉献。红芋也许懂得，只有和土地完美结合才能萌发出旺盛的生命力。这让红芋贴紧土地的做法，有了最为生动的注解。

而今，红芋不再是老家人的主食，种植的数量也是越来越少，人们把红芋摆上餐桌，成了点缀，旨在丰富一下菜色品种，补充营养，调剂口味。红芋窖也渐渐淡出人们的视线，成为朴实而温暖的记忆。

那些农活儿(一)

对于老家人来说,靠土地吃饭,就要一年到头不停地劳作。一年中最忙的有两个时期,一个是夏收夏种,一个是秋收秋播。

其实,农人是闲不住的,在麦收之前,还有农活儿要干。比如清明过后,天气渐渐暖和起来,一排排大蒜整整齐齐地站立在田野里,经过寒冬的侵袭,一副萎靡不振的样子,这时要返青施肥,最好再浇些壮苗水。再过一段时间,大蒜才算真正完全缓过劲来,开始疯长,根部的蒜头也在逐渐增大,蒜苗的中间就会长出一根茎,圆润而饱满,那就是蒜薹。

由于蒜薹拔节需要大量的养分,其他叶子基本停止生长,而且会渐渐变黄,似乎要把所有营养都让给蒜薹。蒜薹长到一尺多高时,就会像鞭子一样,随风摇曳。这时,人们就开始把蒜薹挨个儿拔出来,或运往集市贩卖,或留着自己食用。

拔蒜薹是一件很辛苦的事,不但要弯腰,而且要用力。蒜薹很脆,容易折断。拔蒜薹时,要在大蒜苗的正上方用劲,双手攥紧蒜薹的头暗暗使劲,只听"啪"的一声后,一根青绿色的蒜薹就被拔了出来。在茎里的蒜薹是白色的，娇嫩无比，露在外面的蒜薹则是翠绿色的。拔时动作要慢，否则蒜薹会被拦腰截断。由于蒜薹汁刺激性强，抽得久了，手上就会有一种被灼烧的疼痛感。

后来有人发明了拔蒜薹的工具，是一个刀片利器，先在蒜苗紧紧包裹的部位划上一道，这样省下不少力气，也不容易断了，效率也得到很大提高。

麦子黄梢的时候，有的农家还要进行套种。有的套种棉花苗，将棉花苗栽在麦垄中间。早些年的套种方法是直接将棉种种在地里。后来技术革新，人们会先进行育苗，俗称"营养钵"，就是将营养土混合搅拌均匀，加上适量的水，用专业的设备打制成圆柱体，一端有个小凹槽，用来放置棉种。制作营养钵也要讲究技巧，用力不能过大也不能过小，要均匀，否则，要么不成形，要么就会蹾不下来，因为太结实。

等到六月割去小麦的时候，麦垄间的棉花苗也有半尺高了。种棉花不像种别的农作物，一块地皮，可以收成两季。也不如别的农作物省力，从春寒料峭时翻地，到打营养钵育苗，再一棵一棵栽进土里，经过春夏两季的栽培，其间要经历打杈、喷药、施肥、捉虫等诸多管理环节。到了"气节立了秋，棉花头来揪"时，齐腰高的棉棵已缀满青绿的棉桃，这时需要打顶控制长势，旨在让更多的养分集中供给棉桃。

按理说，麦子归仓，麦秸秆也就完成了使命。实际上麦秸秆仍有着旺盛的生命力，其延续的生命在乡村的舞台上扮演着许许多多重要的角色。

农人们用麦收时挑拣好的修长壮实的麦秸秆编织苫子。将无数个麦秸秆用细线密密地编织起来就成了麦秸苫子，作为席具，很实用。麦秸苫子注定属于北方，因为北方主产小麦。

挑拣麦秸秆是个细活。首先要选择长势较旺的麦子，收割下来后要捆成捆，以便运输。运到场地后用铡刀切掉麦穗，把海选下来的麦捆子散开，在场上晾晒。待麦秆干透之后，除去麦秆上的麦叶，麦秆金黄闪亮，等待着随时"入编"。

织苫子时，用四根木棒捆成两组，叉开，一根细木棒一搭，就搭成了编织苫子的工具。细尼龙绳子的两头分别缠绕在半截儿的砖块上。砖是红的，尼龙绳是白的，麦秸秆是黄的，组合在一起，格外醒目。苫子想织厚点儿就多加几根麦秸秆，想薄点儿就减少几根。砖头带着绳子在横杆上来回跳动，苫子就是砖头所走出的一条路。编织时，麦秸秆需用水湿润一下，以让麦秸秆增加韧劲。苫子两侧编着花边，仿佛姑娘的辫子，既美观又结实。

麦秸秆还可以编织很多用具。麦秸秆编制的枕头是枕具，圆鼓形的麦秸墩儿是坐具，粗壮肥圆的麦秸粮囤是贮具，穹窿状的麦秸蒸笼罩是炊具……还可以织草帽、做扇子、编门帘，等等。

麦子收获后接着还有一项很重要的农活儿——垛麦秸，因为麦秸是一冬的主要烧柴。有村庄的地方就有麦秸垛，而且形状、大小、高低不一，位置也不固定，或村头，或房前，或院外，或路边，星罗棋布地散落着，总之离家不能太远。每家人都会选择一个较为恰当的场地垛麦秸，往往一家人齐上阵。先用杈把麦秸向一个地方集中，越积越高，麦秸垛基就打好了，然后一杈一杈地挑向麦秸垛的上方，等到了一定的高度，就要有人站在上边接应，往往小半截儿身子陷进麦秸垛里，又像在跳着高难度的舞蹈，很快一个正方形、长方形或者蘑菇形的麦秸垛就完工了。所有的形状都是底小上大，还要给它戴上一顶金黄色的"帽子"，即在最顶部抹上用麦糠和的泥巴以防漏雨。麦秸垛是地标性的风景，撑起了农人的尊严和底气。

那些农活儿（二）

　　玉米是在麦收后开始点种。玉米对时令要求不高，播种早点儿晚点儿都问题不大。刨坑是个体力活，通常由劳力来完成。相对轻巧的活儿就是往坑里丢种子和掩埋土。种子要尽量丢到坑的中间，为了确保成活率，往往在一个坑里下两粒种子，掩埋土以后要用力踩实。我起初并不明白，种子种在泥土里，应该就会生根发芽的，为什么非要踩一踩呢？后来我发现，那些没有踩到的地方，种子也会发芽，只是很纤弱，比起那些粗壮的禾苗，生命力就差了许多。如今终于明白，那样是为了给种子造成一种压力，这样长出的苗才会更茁壮。跟我们心中的希望一样，有了外在的压力，梦想的种子才会更茁壮地成长。

　　等过上几天，玉米苗就会破土而出，长到10厘米左右开始间苗，之后就会疯长，管理就要及时跟上。天气炎热时，锄草施肥打农药，样样都要头顶烈日完成。锄地不说了，早有《悯农》诗做了宣传普及。当然，李绅笔下的禾并非是玉米苗，但场景和辛苦指数相同。

　　盛夏时节，玉米田是一年中最漂亮的。经过一个夏季充沛的阳光和雨水的哺育，玉米秸秆和叶子浑身都绿得通透发黑；咧着嘴笑得灿烂的玉米棒，是金黄色的；玉米秆头顶的雄花穗，是纯白色的；玉米棒头顶的雌花穗，有的是淡紫色的，有的是粉红色的，有的是米黄色的……

比锄地更苦的其实是后期施肥。早期施肥时玉米矮小，干起来轻松些，后期施肥则辛苦得多，最大的考验是闷热。这个时候，玉米已经长高，庄稼地里密不透风。若赶上桑拿天，要钻进玉米地里弯腰低头一棵一棵地施肥，那般闷热与腰部酸痛简直无法形容，汗水不只是浸透后背，而是全身，整个衣服黏黏地裹在身上；头上脸上沾满玉米花粉，汗水伴着花粉流入眼中，火辣辣地疼；胳膊和手则被玉米叶子划出一道道血印子，汗水一浸，其滋味可想而知。这些活儿大都是成年人干，而小孩子们则是干些较轻松的活儿——拔草。

到玉米地里拔草，虽然很辛苦，但收获颇丰，一会儿工夫就能装满篮子。更主要的是还会有意外惊喜——甜玉米秸秆，即个别不结玉米棒子的秸秆。这种秸秆与众不同，泛着红色，光滑顺溜，且比正常秸秆要细一些。折断去其皮，嚼起来像甘蔗的味道，也许是因没结下玉米而把糖分都转化到秸秆中了吧。还有一种小概率幸运，就是偶尔会在玉米地里发现一个甜瓜。倘若瓜已熟透，那算是中了头彩。大家常常结伴而行，偌大的玉米地里，一个孩子确实是不敢进去，哪怕是成年人也会感到阴森。

初秋时节，玉米像一个待字闺中的女子，迎来了最妩媚的日子。等到玉米棒像牛角一样坚硬时，也就开始收获了，此时已至中秋，空气里弥漫着成熟的香气，硕大的玉米棒子浑身金黄，摇摇欲坠的样子，玉米秸秆已变得枯黄，为了玉米棒子的成长熬尽了自己的心血。随手触碰一片叶子，那干爽的玉米叶就像一页页风干的薄纸，如蝉翼般脆弱。那颤抖着的金黄令人心生怜爱与欣喜，摩挲着，思虑着，就像思虑人生一样，让人在长久的念想与忆昔中，对生命产生万千感慨与眷恋。

玉米棒收获后，先扒掉皮晾晒一段时间，有的直接摆放在地上，有的悬挂在铁丝上或树上，里三层外三层，犹如披了一件黄金铠甲。等到水分蒸发完时开始集中脱粒。晒干了的玉米棒子堆得如小山包一般，要一粒一粒搓下来倒是比较麻烦。这活儿虽不累，但要有耐性。夜晚的煤油灯下，灯光昏暗，一家人吃过晚饭，围拢在一起，一边拉着家常，一边剥落玉米粒。先用自制的专用工具铲掉几行，然后把两个玉米棒子合在一起搓，让它们相互摩擦碰撞、挤压揉搓，这样可以更省劲，不至于让手很快红肿疼痛起来，玉米粒就哗啦哗啦地掉下来。记忆里，哥哥的手劲最大，根本不用两个玉米棒子相互搓，只见一个玉米棒在他手里跟变魔术似的瞬间便被搓得精光，速度比我们快一倍还要多。

栽种红芋的季节是春天多梦的季节。农人们在四月的碎雨细风中，梦想着未来的收获。土地用犁翻翻，用锄刨刨，堆出一条条垄来，农人们便把红芋苗栽种在土里，浇一点儿定根水，过几天去看，苗风嬉戏，已经成活生根。很快小苗就长出藤蔓，等到两垄间的藤蔓接上头的时候，就要将蔓挑起来翻过去，再挑起后翻过来。如此反复折腾，红芋秧非但没有憔悴殒命，反而愈加蓊郁，就这样一直折腾到秋季。

种棉花也是很耗费精力的一项农活儿，费工费时，有整地、浸种、播种、浇水、间苗、除草、施肥、松土、培垄、喷药、打杈、打顶等十余道工序。其中喷洒农药的工序最危险且要反复进行，好像最毒的农药都是为棉花准备的，甚至几里之外都能闻到刺鼻的农药气味。每到棉花生长的旺季，长到齐腰深的时候，也是喷洒农药最密集的时候，农人们往往选择响晴的天气进行，所以经常发生农药中毒的事情。

接下来的日子里，气温越来越高，农活儿也越来越多，拔草、捉虫、施肥、间苗、灌溉、喷药等，接二连三。三伏天，农人在田里劳作，弯腰驼背，身影投在大地上，佝偻成一堆，剪影像雕塑一般，看上去硬朗、拙朴。草帽底下，那张古铜色的脸沟壑纵横，汗流满面，一滴汗珠掉在地上恨不得摔成八瓣，瞬间会被炙热的土地吸尽。

农人偶尔在树荫下休憩喝水的间隙，也会把目光投向田间。成片的秧苗仿佛列队的士兵，齐刷刷地等着检阅。农人目光慈祥地看着那些庄稼，仿佛是在看自己的孩子，眼神中饱含期待和爱怜。

那些农活儿（三）

沤麻虽不是家家户户而为的农活儿，但对于我来说仍然记忆深刻。对于"沤"字，没有乡村生活经历的人恐怕很难理解。工具书上的解释是长时间地浸泡，使之起变化。所谓沤麻就是把刚从田间砍伐掉的新鲜麻秆去掉茎叶后捆扎为一搂粗细，放到村庄有水的坑塘里，再用污泥或石块压沉在水中浸泡。沤，是发酵，是提纯，是升华。

麻是儿时乡间较为常见的一种作物。细长的麻秆，葱绿的叶子，顽强地长在乡间的沟渠之畔，与高粱有些相似。麻老了，会被人用镰刀割下来，去掉叶子，用一根稍细一些的麻条子扎成捆，放在坑塘里沤上大约10天，麻皮才容易与麻秆剥离。在沤的期间坑塘里的水开始变质了，泛着馊臭味儿，麻周围的水变得污浊起来。

麻沤好后，绿色褪去，麻皮与麻秆脱离，原先紧紧的"肌肤"变得松软起来，农人顶着恶臭，将其捞出来，刚出坑的麻面目全非，掂着麻秆一抖搂，皮就脱落下来。先顺着劲儿捋好，一把一把地在清水里涮，越洗越白越洗越松散，丝丝缕缕。淘洗干净后再搭在绳上、树上晾晒干，颜色变得洁白了，就成了经久耐用的好麻。麻的用途有很多，可以纺线搓绳，编织麻鞋麻袋等。长辈亡故也需要它，即所谓的披麻戴孝。

在我看来，麻好像是在乡间长大的人，到了成年，麻秆上逐渐出现了粗糙的纹路，好比一个人到了中年，额头上逐渐生了沟壑。皱纹对于人来说是成熟和阅历的象征；麻身上的纹路代表着麻的韧皮纤维，越粗糙越成熟。人在老迈之后，生命就会终结，死亡之后，往往要讲究入土为安。麻又何尝不是如此。沤麻，也是换得生命涅槃的一场修道吧。

九月份起开始拾棉花。在我心里，棉花永远是一个既温暖又柔软的词语，也是拥有阳光气质的花朵。在每一朵盛开的棉花里，都有汗水、梦想和欢乐，只要拥有了它，也就等于拥有了温暖的日子。棉花可以说是人间最知道冷暖的植物，与人们的生活紧密相连。棉花也是最公平的，不论年龄、性别、容貌，总是一往情深，不离不弃，将最温暖的爱奉献给人们。

拾棉花是件不轻松的活儿，常常是一家老少齐上阵，大人带着小孩儿，腰上系着一个布包袱，这样方便人腾出手来，一边摘棉花，一边将摘下来的棉花随手放进袋子里。说起来容易，做起来却不简单。因为一会儿要侧身，一会儿要弯腰，既不能把棉花的枯叶带到包袱里，又要让棉花壳干净，不能像眼睫毛一样挂着丝，因此要五根手指同时伸向盛开的花瓣。时间一长就会腰酸背疼，手指上也常常被棉壳蹭出倒刺。母亲的动作最娴熟，腰间的布包袱也是最鼓的，看上去仿佛身怀六甲，洋溢着母性的光辉。

收获到家的棉花，要及时晾晒，因为潮湿，不能捂着，否则就会变黄，而且水分过多收购站就会拒绝。家家户户的门前或院子里都摊着白花花的棉花，像天上的朵朵白云飘落至门前，棉花的清香也随着散发出的水蒸气在空气中弥漫开来。

种棉花是老百姓主要的经济来源。婚丧嫁娶、人情礼节、看病上学等都需要花钱。卖棉花要到集市上去，那里有收购站。农人们拉着平板车，车上堆放着用大口袋包裹起来的棉花，有的装满了一大车子，甚至将拉车人的位置都给占去了，只能看见小山一样的棉花包裹向前缓缓地移动，从四面八方向收购站集聚。等到了现场才发现那队伍是何等的长，从院里到院外排起了长龙。院子里的棉花垛一个挨着一个，一个比一个大，远远看上去仿佛雪山。等候的人们显得有些焦急，既盼望着快些卖完回去农忙，又担心棉花卖不上好价钱影响收入。

金秋十月，老家的学校都要放几天农忙假，主要是为了收获一批春天种植的农作物。田野里一片金黄，等待收割的庄稼被籽实压弯了腰，没精打采地站在那里。一望无垠的田野里黄澄澄的，尽是丰收的颜色。一粒粮食，从春种到秋收，历时三季。在这漫长的时光里，农人每一天都在祈祷风调雨顺，有一个好收成。因为农人对庄稼倾注了辛勤的汗水，更重要的是农人对土地、对庄稼、对粮食的那份虔诚和膜拜。每种庄稼都能够写出不少的文字。

还有一些农活儿，收获的时候要把握好火候。俗话说"焦麦炸豆"，如收获黄豆不及时，豆荚就会张开，豆粒从里面蹦出来落入地里，这算是黄豆的缺点。它其实优点更多，黄豆是很省事的作物。陶渊明在诗中提到"种豆南山下，草盛豆苗稀"。即使有点儿草，也并不影响豆苗的丰收。黄豆易于管理，整个种植期间锄两次草就够了。只是收割时，有点儿麻烦，一是扎手，二是要把握好火候。豆棵晒干后，用棒槌一下一下将豆粒打出来或用石磙碾轧。用杈挑去压扁的豆棵，剩下一片金黄的大豆，人们看在眼里喜在心里。

黄豆，一个多么好听的名字。它的肤色金黄，也使人想到了黄金。豆与逗同音。豆子以其小而圆赢得人类的好感，还会逗人乐。黄豆的豪迈又让人类把它称为大豆。制造白面的麦子也不过叫作小麦，豆子从小就成了大豆。黄豆可以做豆腐，也可以榨豆油，剩下的豆饼，既可以喂牲畜也可以作为有机肥。

红小豆的收获也要及时。红小豆身形小巧，呈椭圆形，浑身光溜溜的。收获芝麻更是得小心翼翼，轻割轻放，不能让芝麻秆倒立或倾斜，否则，芝麻粒就会掉出来。等到完全成熟时才将芝麻秆倒立，一手握住芝麻秆，一手用力敲打，芝麻粒就会滚落下来。

高粱也许是因为它是所有农作物中长得最高的一种而得名吧。高粱浑身都是宝。叶子可以用来喂养牲畜，根堆积起来供烧火做饭用；把高粱秆顶端较细的一截切割下来（俗称高粱莛子），晒干后可以用来做筐子、锅盖等，也可以扎成笤帚把；孩子们则将其外皮剥落后用来制作手表或者眼镜，甚至做成香烟的样子，用火柴点燃，装成大人吸烟的模样；余下的高粱秸秆用来编织成箔，箔的用途很广，可以用来晾晒红芋干、棉花、玉米棒、萝卜干、大白菜等，还可以用来建造房子；高粱穗子上的高粱粒被摔下来，可以酿酒还可以充饥，高粱穗还可以做笤帚头，或者做成刷锅用的刷子。

秋季种大蒜工序相对复杂。一家人齐上阵，先用小锄锄出一条沟来，然后将蒜瓣一颗一颗尖头朝上栽在土壤里，再用土埋住。一家人有说有笑，不知不觉中已种好了一片。

俗话说：寒露两旁看早麦。种小麦也是秋季的重头戏。收获完庄稼便开始往地里送有机肥，还要买些无机肥，在耕地时撒在地里以确保土壤肥沃。先将田地深翻。早些年翻地的工具主要是耕牛，常常是一人、一牛、一铁犁。一手扶铁犁，一手拿着鞭子吆喝着，还时常听到清脆的鞭子声，那是在鞭策、震慑老牛。

犁完地还要耙地，目的是将土地整平，把坷垃耙碎。后来有了拖拉机，效率大大提高，但是，这一农活也并非人人能为。首先要会驾驶拖拉机，过去的老把式也大多望机兴叹，眼巴巴地看着年轻人去做。

播种小麦的方法有多种。有人拉耧子，几人分别在耧子上拴上绳子，用力拉，一人把住耧子左右摇晃，麦种顺着耧子的腿往下漏进地里。有的用老牛拉，将人解放出来。后来有了播种机，装置在拖拉机上，一趟过去好几行，提高了播种效率。

　　最简便的方法是撒小麦。相对于以前的做法既是改革又是创新。我家用这一做法比较早，由于父亲敢于接受新事物。父亲挎着筼子，一边走，一边将筼子里的麦粒撒到土壤里，撒出去的麦粒密度均匀，事实证明产量确实有所增加。我也试着撒过一块地，结果麦苗出来后一簇一簇的，不但难看而且影响产量，主要是没有把握住要领。

　　春寒料峭的时候，人们开始给小麦施肥。如果老天不降瑞雪，还要给忍饥挨饿了一冬的小麦浇水，使之萎缩的身躯尽快舒展开来。

　　就这样，似乎总有忙不完的农活，一年到头消停的日子不多。

劳动号子

"驾""吁""斡""稍"等这些简单的字符组合在一起就构成了老家人劳动的号子。这从农人的口中发出就成了驾驭犁田耙地牲口的小曲。看似简单的几个字,如果连续起来吆喝就会更加激情饱满、高亢有力,散发着浓郁的乡土气息,与歌手龚琳娜所唱的《忐忑》颇有几分相似。

父亲说,他在上中学的时候便开始学着犁地了,个子还没有犁把儿高。那时,害痨病的祖父总是咳喘得厉害,面黄肌瘦,弱不禁风。对于犁地这样的重体力活儿,真的是举步维艰。祖父心里清楚,他的日子不多了,将来还要靠儿子来支撑起这个家。祖父扛不动铁犁,又不忍心让没有犁把儿高的儿子扛,就套上牛轭头,驾着空犁,一路拖着来到田野,犁把儿仿佛成了祖父的拐杖。

祖父一边咳喘一边教父亲说:"套轭头!"

"套哪里?"父亲问,显然没听懂。

"没吃过猪肉还没见过猪跑?当然是套在脖子上!"

"拴扣,一手扶犁,一手握鞭,哪个手得劲就用哪个手。"

"对，就在这里下犁。"

祖父"驾"的一声，老牛、犁子、父亲就歪歪扭扭地在田里迈开了极不规则的步子。祖父跟在后边喘着粗气进一步传授诀窍，并再三强调要我父亲记住："驾"是前进，"斡"是转弯，"吁"是停下，"稍"是倒退。父亲也学着"驾"了一声，只见牛梗着脖子，使劲向前一蹿，犁子就扎进土里。祖父赶紧说，两眼要平视前方，犁把儿端平，犁深了，犁把儿下压，犁浅了，犁把儿上提，俨然是一个经验丰富的教练。看似简单的劳作，对于十几岁的孩子来说，做起来却很难。父亲按照祖父传授的要领三番五次进行训练，似乎还不得要领。有些气馁的父亲忽然朝牛扬起了鞭子，还未等鞭子落在牛身上，祖父便发话："混账！它可是咱家的宝贝！你小子要是敢揍它我就揍你！"对于祖父这种对待耕牛的态度，我更愿意看作是人与自然和谐的一种淳朴认知。动物也是有尊严的，对待动物的态度，又何尝不是人对待人的态度和对待自己的态度呢。

祖父的循循善诱加之父亲的用心体悟，历时半天的操持，父亲基本掌握了犁地的操作要领。祖父看后很欣慰，有了传承就有了未来生活的希冀。祖父在间歇时还不忘语重心长地告诫父亲，劳动既要有耐性，又要不怕失败，只有脚踏实地勤学苦练才能有所收获……做人同样如此！祖父的话语以及言传身教深深地影响了父亲的人生，以至于在他近40年的杏坛耕耘中，矢志于教学，桃李满园。

就在父亲准备成为家里顶梁柱的时候，新中国成立了，国家对土地所有制进行了改革，采取集体耕种集体收获的合作化扩大生产方式，然后按照人头分配生产资料。此时的父亲也如愿考上了师范学校，离开了老家去读书，毕业后又回到老家任教，有了自己的职业，与田间劳动渐行渐远。尽管父亲吃了国家计划粮食，家还是安在农村。

儿时，我特别爱看大人们犁田耙地。尤其是犁田的时候，地里会呈现出"犁花"。这里的犁花是指农人的犁铧翻开土地之时绽放的泥土之花。犁花黑黑黄黄的,并不怎么好看,可是它松软湿润,温暖绵柔。每当我把自己的手脚插入犁花之中的时候,一种无法形容的舒服感瞬间流遍全身,因为犁花是在农人父辈们的汗水中盛开的。

所以,我常追着犁铧看犁花盛开。农人只要将手中的鞭儿在空中甩出一个炸响,再对老牛喝一声"驾",那一对黄牛就会使足力气拉着犁铧朝前行进。犁铧走过,一朵朵、一团团湿漉漉、黑黑黄黄的犁花就接连盛开了。有一次,我不禁问间歇的邻家二大爷,为什么犁地时总要不断地吆喝着呢?他微笑着回答,这是人对牛说话,也是对牛发出的指令。牛只有在能听懂这些语言时才可以进田里干活。我特别爱听那悠扬悦耳的"驾驾"声。

每逢春耕秋种,生产队组织庄稼把式们下田耕作。那时跟现在不一样,土地多、地块大、一望无垠。一块田地里通常要有好几组牲口同时作业,先犁田后耙地,场景蔚为壮观。看着犁铧在无垠的土地上游走,翻飞出一坨坨肥沃的泥土仿佛一种丰收的预告。

犁田是细活儿,来不得马虎。牛在前,犁在中,人在后。一头老牛,一副犁铧,穿梭于阡陌纵横的田野。农人微微前倾着身体扶犁前行。那是一种膜拜的姿势,是对这片养育自己的土地的膜拜,是对拉起生活重担的老牛的膜拜,是对深入土壤进行翻新、耕种和收获的犁铧的膜拜。犁铧知道,再坚硬的木架、再锐利的铧尖,都需要强大的牛力,都要靠扶着犁的手把握好方向。一犁挨一犁,一坯压一坯,不能心躁气浮,否则,土地就会"夹生"。夹生的地方就很难长出旺盛的庄稼,结出的果实自然就会与丰硕相去甚远。根深才能叶茂,叶茂才能果盛,说的就是这一道理。

耙地同样重要。耕地用的是耙床,为"目"字形框架,长两三米,宽约一米,上面均匀地铆着铁耙齿。耙地时通常要用两三头牲口牵引,操作者双脚叉开,有力地踩在耙床上,呈步行状态,重心后移,一只手把持着缰绳，一只手握着鞭子，口中不停地喝着"驾驾"声，鞭子在空中舞动，清脆的鞭子声响彻云霄。远远望去，几盘耙在新犁的黑褐色土地上或走直线或走横线，甚至走"S"形或"8"字形路线，往返穿梭，宛如游弋于大海上的一叶小舟。耙齿留下的痕迹仿佛五线谱，而远处的耕牛如同音符。在旷野下，形成了淡淡的田园写意画卷。站立于耙床上的庄稼把式，仿佛驾驭战车的勇士，威风凛凛，势不可当，身后卷起酷似硝烟的扬尘。耙过的地有点儿湿漉漉，耙过几遍，土松了软了，在阳光下慢慢干燥起来，那是泥土吸足了阳光。这时的土地有了一种混合的味道，天地间杂糅的造化，使泥土如面团一样在农人的手下变得有了灵性。

不论是犁田还是耙地，最重要的是人跟牛的默契配合，牲口是有灵性的。如果只是把牛当成畜生，动辄用鞭子打，牛就会"哞哞"地叫着，四蹄乱动，乱了方寸，用力不均匀，人的心气神也就难以淡定，犁出的地自然就会深浅不一。所以老把式是不会轻易将鞭子抽在老牛的身上，只是将鞭子举在空中甩出响亮而又清脆的声音，以此来震慑老牛要卖力而已。再者就是抑扬顿挫的"驾驾"声，或低音或高唱，或长或短，或快或慢，或高亢或哀怨，或激昂或缠绵，任凭老把式肆意发挥，尽情宣泄，没有固定的韵律。每个人的嗓门不同、腔调不同，喊出来的劳动号子也不尽相同，但功效是相同的，不但为自己鼓劲也是对牲口的鞭策，更是人与牲口的对话。

每年的耕种时节，庄稼地里便会传出劳动号子，此起彼伏，响彻云霄。往往是号子越响亮，牲口的步伐越快，干活越卖力，即便已经很疲惫，仍会瞪着猩红的大眼睛使劲往前冲。

土地太伟大了，它能改变世上的许多东西。比如，这不会说话的铁犁放在那里就是一个铁疙瘩，一旦融入土地，就会撕开大地。犁尖插进土地，以它独有的惯性滑行。牛、犁、人，三点一线，农人们就这样行走着,身后泛起反射着阳光的泥浪,泥土的味道也随之弥漫开来。接着播种人们赖以生存的作物。这就有了生命。

  光阴荏苒,弹指间离开故乡已30年,在都市的热闹与喧嚣中,回眸农家生活,那袅袅的炊烟,那河边的芦荻,有青葱的记忆,更有诗意的回味,尤其是那简单嘹亮的劳动号子,仍迸发着蓬勃的旋律。缱绻之余,我似乎觉得这淳朴的劳动之歌,是从遥远的秦汉穿越漫长的历史时空而来,传递着生生不息的农耕文明。

第三辑　亲人

虽然离开故乡已经30个年头，我却始终魂牵梦索。那里埋葬着我的亲人，还有我的胞衣。亲人们给了我生命，并用甘甜的乳汁喂养我。在我成长的道路上，亲人们付出了太多太多。血浓于水的亲情成了我永远化不开的心结，成了我永远的牵挂……

祖母的冬衣

光阴荏苒,岁月匆匆。祖母离开我们已经20多个年头了。在这个寒冷的冬日里,老人家的音容笑貌又浮现在我的眼前。特别是那张一身冬衣的老照片,一直定格在我的记忆里。

每当秋收结束的时候,母亲和祖母便开始张罗着一家人的冬衣。该缝补的缝补、该浆洗的浆洗,要忙活好几天。在晴好的天气里,将吃饭用的案板放在阳光下,将布料平铺在上面,然后开始往上面涂抹糨糊,目的是增加硬度,晒干以后硬邦邦的,就成了袼褙,做衣服时起到支撑、衬垫的作用。

祖母的大襟袄制作起来费料费时。说费料主要是比正常的对襟衣服胸前要多出一大块布料,也就是将整个前胸覆盖起来,将纽扣放在腋下,每次穿脱都很费事,尤其是上了年纪手脚不灵便。纽扣也是自己制作的,用结实的细绳编制而成。纽扣的一头被编织成一个如红枣核般大小的小疙瘩,很坚硬;另一端则是一个纽扣套,两者配合起来才能扣结实。

祖母的大襟袄也是我们兄弟几个的襁褓。据母亲讲,我们兄弟几个都是在祖母的大襟袄里长到两三岁。由于母亲常年在田间劳作，照顾我们的担子就落在祖母柔弱的肩上。那时候，冬季屋子里干冷，没有取暖的设施，更舍不得花钱买煤取暖，只是偶尔做完饭后从灶膛里扒出残火，放到火盆里取暖。这种火根本不顶用，很快就火灭烟消。我们有时冻得手脚冰凉，直流鼻涕，祖母看在眼里，疼在心里，便想了个办法——把我们的棉衣脱掉，用她的大襟袄揣着我们。为了安全，最外面的腰际还要用一根粗黑布带捆扎起来，那样才不至于从里面漏下来。那样几乎是肚皮挨着肚皮，既热乎又舒服，自然乐不可支。在里面玩困了，我们搂着祖母的腰就睡着了；肚子饿了，就趴在祖母干瘪的奶头上吃几口，当然只是慰藉。祖母一副若无其事的样子，丝毫不影响忙家务。有时从早晨起床一直到晚上睡觉，我们几乎都待在那个暖窝窝里。有时在梦中就直接将一泡热尿撒在祖母的怀里。祖母怕惊着我们，不敢喊也不敢动，任凭一泡尿全撒在里边，顺着裤筒往下流。那时不具备换衣服的条件，干脆接着暖干。那滋味可想而知，而祖母并不嗔怪无知的我们，依然乐呵呵地忙活着。

从我记事起，每到冬季祖母便翻出那条黑棉裤，搭在院子里的铁丝上晾晒，然后用小棍子敲打着，震掉附着在上面的灰尘。这条黑棉裤几乎与大襟袄同时上身。只要一穿上身，祖母的个头就立马变得矮小了，原本苗条的身材看上去也显得那么臃肿、笨拙。那时候，家里的日子过得很紧巴，祖母舍不得准备薄厚不等的几条棉裤御寒，只有那一条肥棉裤由始至终陪伴着她度过整个冬天，一穿就是几个月，虽然穿着很爱惜，可是上面仍然不乏尘垢。

尽管棉裤里的棉絮很厚，可并非很暖和，主要因为都是些旧棉絮。祖母舍不得放新棉絮，只是把旧棉絮重新撕扯开来，打乱重铺，旧棉絮不保暖，只好多铺几层，这样做出来的棉裤自然会厚重，一条棉裤足有两三斤重。棉裤里子本应该用些轻薄的棉质布料，穿起来柔和，但这样的布不耐磨，半个冬天就会被磨破，露出棉絮。祖母只好用些厚实的粗布料，且多是拼接的。这样的棉裤挺硬，即使不穿在身上，也能够直立起来。

祖母的高腰绑裤腿式传统棉裤在老家农村很典型。棉裤的裤腰不像现在的裤腰刚好压住肚脐，裤腰甚至要高到胸部，这样保暖挡风，整个上身也暖和。裤裆却很肥大，没有前开门，也没有旁开门，一是保守，二是怕漏风不保暖。从裤裆到裤腰就是一个直筒子，上下一般粗，腰围有四尺左右。穿在身上就会形成一个褶子系在腰间，腹部鼓鼓囊囊，仿佛怀孕似的，弯腰也不灵便。那时都是裸身穿棉裤，风就会从裤腿处飕飕往里钻，所以老年人穿上棉裤都会打着绑腿，与影视剧里的红军绑腿形象接近，不是为了美观，而是为了暖和利落。

后来我上学了，祖母仍让我穿着她那样款式的棉裤，说那样的棉裤厚实、挡风、暖和。因为当时老家的孩子都穿那样的棉裤，并没有觉得有什么不雅，也很乐意穿着。再到后来，我到镇上读中学，班里的许多同学已经不穿那臃肿的肥棉裤了，而是穿一种里边絮了毛绒的棉裤，看起来很轻薄、很美观。我就缠着祖母让她也给我做个同学穿的样式的棉裤。这让祖母犯难了，主要是她不会做新式棉裤。

为了满足我的要求，祖母几乎跑遍了村子里几个有名的巧妇家里才把新式裤样剪出来。祖母借着昏暗的灯光，小心翼翼缝制着棉裤，佝偻着身子，灯光映照着的饱经沧桑、满是皱纹的脸庞，如刀刻一般，让我心中有种酸楚的感觉，令我辗转反侧。翌日一大早起床时，一条崭新的棉裤已摆在我的床头，那针脚缝制得很细，密密匝匝，松紧适中，穿在身上，一股暖流顿时冲遍全身。

祖母在过冬的时候，还为自己准备了脚上的棉袜，形状很特别，因为祖母是三寸金莲，棉袜的前头是尖尖的。棉袜的里面和外面都是自己家里纺织的白粗布，夹层铺上薄薄的一层棉絮，袜子筒有二三十公分高，这也是为了保暖的缘故吧。就这样将袜筒装进棉裤腿里，真的是密不透风，自然会很暖和。

棉鞋子的前头也是尖尖的，跟船头一样。外面的布料是黑色的，与棉裤顺色，鞋底是夹层且有一定的硬度，是她自己纳的千层底，既耐磨又防滑。为了穿上跟脚，还在鞋后跟处缀上一根细细的绳子，便于系住脚脖。

俗话说，有衣没帽不是一套。每到冬天，祖母就会将父亲给她买的黑绒布料的棉帽子戴在头上，甚至睡觉的时候都要戴着，一直到春暖花开时才将帽子放置起来。有时祖母外出为了防寒，还要将一个深蓝色的四角方巾对折起来，将头部和脖子紧紧包裹起来。

如今，棉袄、棉裤、棉袜的概念逐渐在人们的脑海中淡出。但是这几个词永远不会在我的记忆里抹掉，有关它们的故事更让我终生难忘。

祖母虽然远去了，但她的爱一直温暖在我心间，留在我记忆的最深处，一直在我的文字里活着，滋润着我的心灵。儿时的我不知道祖母对于我成长的意义。其实，祖母是我最早的文学启蒙老师。她走调的歌子、随口编来的故事，还有慈祥的爱和长久的温暖，都在我的生命里打下了烙印。经年之后，我才醒悟。祖母虽然很平凡，但她的坚贞情操、坚强毅力、勤劳节俭的生活美德以及对子孙的哺育，永远是我学习的榜样，是我一生享之不尽的精神财富。

奶奶的嘱咐

那天，鹅毛大雪漫天飞舞，低沉的天空裹着凛冽的寒风发出凄厉的哀鸣。

当时我所在的部队正准备外出演习，得知奶奶去世的噩耗，我的心一下子被推入万丈深渊，近乎麻木的脑袋瞬间一片空白。我强忍悲痛，打起精神随部队出发。两天的演练结束后，我拖着疲惫的身躯爬上回乡的列车，紊乱的思绪随着滚动的车轮声萦绕开来。

爷爷、外公、外婆在我未降临人世时都相继去世，唯有奶奶十几年来一直陪伴着我，因而我对奶奶有着独特的感情。由于儿时读书用功、乖巧和在兄弟中排行老末，奶奶最青睐我，把浓厚的爱倾注在我身上。

一晃到了20世纪80年代的最后一个春季，早就怀着当兵报效祖国愿望的我，瞒着亲人在学校偷偷报名参军。入伍通知书发到家中时，大家都为之愕然，继而是嗔怪，因为我们家当兵的多，家人都想让我考大学。正当我踌躇时，奶奶却出乎意料地站出来为我说话。她虽目不识丁，却语出惊人："当年，日本鬼子来到咱中国无恶不作，为了赶走他们，使全国人民过上安稳日子，我把你大爷（伯父）送到前线，他很勇敢，不幸壮烈牺牲了……后来，我又让你三个哥哥参军，你向他们学习，很好，这才无愧于咱们家门口的光荣牌，这也是咱们袁家的好家风，记住千万不能给乡亲们脸上抹黑……"奶奶说完深深地叹了口气。我扑通一声跪在奶奶的跟前，紧紧握住奶奶的手，坚定地说："奶奶，您老人家放心，孙子不干出点儿名堂来绝不回来见您。"奶奶轻轻地抚摸着我的头，我看见奶奶的脸上露出了欣慰的笑容。

离开家时，送行的人有很多，我忽然发现奶奶一改往昔，放弃拐杖且不要人搀扶，却步履稳健地走在人群的最前面。当车子即将启动时，我看到车窗外的奶奶正望着我，她饱经风霜、满是皱纹的脸上挂着两行泪。我不禁潸然泪下，真正懂得了奶奶的心境。

步入军营后，我勤学苦练进步很快，经常给奶奶写信汇报进步情况，奶奶总是及时让父亲回信，信中必叮嘱我不要沾沾自喜，要不断进取，充满着关心希冀之情。

最令奶奶高兴的是我考入军校的消息，据说她激动得几夜没睡好，逢人便夸孙子有出息。

春节，军校放寒假，我终于又见到朝思暮想的奶奶。她摸着我的红肩章兴奋不已，口中念叨着："我的小孙子也长大了，有出息了，孩子，以后的路还很长，可不能翘尾巴。"说完祖孙俩都爽朗地笑起来。

那年，奶奶不慎摔倒瘫痪的事，父亲没有告诉我，原因是奶奶叮嘱他不让对我说，奶奶怕我知道后因她而分心。

……

生命如轻舟泛过江面，不留一点儿涟漪，我们都像宇宙间的一粒尘埃。奶奶去世了，她仿佛一粒尘埃，轻飘飘地在宇宙中飘过了96个年头。

其实，人活着只是一个过程，过程的长短并不重要，关键要看生命的价值。有的人活着的时候被人景仰，死了以后被人怀念，这才是生命真正的意义所在。虽然奶奶离我而去，但她老人家慈祥的面容和关切的话语，将永远伴随着我，鼓舞我一生。

  我不知道怎样概括奶奶的一生，也不知道怎样摆放奶奶在我心目中的位置。只知道在以后的日子里，我要加倍勤奋学习，努力工作，用优异的成绩告慰九泉之下的奶奶，让她老人家放心。

奶奶的"金莲"

奶奶出生于19世纪末,同千千万万位女性一样,在封建思想的枷锁下,难逃缠足的桎梏。

奶奶回忆说,那时候女孩子六七岁时就开始裹脚,大约两年极其痛苦的历程就开始了。母亲会先将女孩子的脚浸泡在由各种药草组成的混合液里,然后将脚趾扳倒,压在脚掌下,只留着大脚趾可以自由活动,接着用长长的布带将脚和脚踝全部包起来,缠结实,并要求来回走动。此后的数周时间内,每过四五天就要对脚进行重新捆绑和包扎,人为地将正在发育的健全的脚变成半残疾小脚,这期间要经受怎样的痛苦可想而知。"小脚一双,眼泪一缸"是真实的写照。

奶奶刚开始裹脚是在其母亲的强制下进行的,她坚决不愿意。母亲为她裹好后,她又偷偷地解开,被发现就要挨打,至少也是被训斥。奶奶为了躲避裹脚,吃了不少皮肉之苦。奶奶的母亲为何如此残忍?奶奶道出了缘由:那时候到了婚嫁年龄,男女相亲都听媒婆的话。女方家重点关注的是男方家是否富裕,而男方家重点关注的是女方是否脚小。在当时，女人的脚哪怕是穿了鞋子也会引起人们的注意。缠过的脚对于男人来说是很神秘和美丽的，至于长相漂亮与否都是次要的。

可以想象被理想化了的脚穿着漂亮的丝绸绣花鞋该是多么诱人。久而久之，男人们对女人缠过的脚便产生了一种不可名状的情欲和色欲。巧嘴媒婆一句：脚小——"三寸金莲"，男人们听了心里便美滋滋的。三寸金莲是对小脚的"美誉"。脚的大小至关重要，是品评一个女性优劣的重要标志之一。现在看来，奶奶那样做，既是不能忍受裹脚的痛苦，又是对封建礼教的抗争。可是在那个年代，她抗争的力量是那么的微不足道，最后只好屈服。

由于爷爷病逝得早，家庭的担子都落在了奶奶柔弱的肩上。奶奶既主内又主外，田间劳作，肩挑绳背，织布纺棉，赶集上店，样样不能少。在当时交通工具极其落后、劳作工具极其粗笨的情况下，可以想象，奶奶的付出是何等艰辛。

在我的记忆里，每当农闲时，奶奶便开始制作自己的鞋子。人无好鞋穷半截。鞋子不但是一个女人品位的象征，还可看出穿鞋者的性格。

奶奶在案板上面刷一层糨糊，贴一层旧布，就这样反复五六次，然后拿到阳光下晒干，揭下来就成为做鞋帮的材料，老家人称之为袼褙。鞋底是用很多层袼褙重叠起来的，又称千层底。用针穿上麻线纳成的鞋底，结实耐磨。最后将鞋底鞋帮缝合在一起，用鞋楦撑几天以便定型。每当奶奶穿上合适的新鞋便高兴地抿嘴笑。

后来，我入伍。临行前，奶奶非要送我到村口。那天我发现奶奶换了一双新的"金莲"，还有意不要他人搀扶，那时她老人家已寿登耄耋，蹒跚着一直走到村口，眼里噙满浑浊的泪水。

三年后，当我拿着军校录取通知书向奶奶报喜时，眼前的情景令我心碎：奶奶坐在轮椅上，已经不能直立行走。

我执意要为奶奶洗脚，为的是表达一次甚至可能是唯一的、最后一次的孝心，我知道奶奶剩余的时间不多了。那次我才真正零距离观察到那双小脚。脚长十余厘米、宽约三厘米，前尖后圆，像个小烙铁，大脚趾向上微翘，其余四趾依次向内弯曲，垫在脚底下，无名趾弯得最甚，像个"C"字整个横卧在脚底板下。为了能彻底洗干净，我将手指触摸到弯折处，奶奶却喊疼痛。可想而知，人站立后，脚后跟着地、前脚掌踩在脚趾上，要忍受多大的痛苦。

走笔至此，我突兀地想到时下风靡的"人造美女"。倡导者说人造美女是一种文明、开放和进步。对此，我实在不敢苟同。我要说人造美女并不新鲜。三寸金莲不也是为了迎合男性的审美趣味吗？不也是为了提升个人形象吗？结果三寸金莲折磨中国女性近千年，不但在生理上而且在心理上使她们遭受折磨，难道这沉痛的教训还不足以引起人们的警惕吗？冯骥才曾在小说《三寸金莲》里说："小脚里头，藏着一部中国历史。"

窃以为，整容不是我们的社会环境变得越来越宽容的结果，而是变得越来越严苛的结果。如果她们不按照社会"主流"的审美标准对自己进行"标准化"改造，她们就会受到歧视，甚至会被淘汰。很多女大学生进行整容，主要目的是取悦用人单位，为能谋求到一个好职业。

从三寸金莲到人造美女，使我再次思考：是什么定义了我们今天的审美观？

奶奶的晚年

奶奶是跨世纪的老人,历经了新旧两个社会,一生充满艰难与坎坷。

奶奶仙逝时 96 岁。在近一个世纪的生命里,最后大约有 10 年时间,她老人家是坐着生活的,偏瘫使她不能行走。这时候奶奶是最需要帮助的,而我因身在军营不能陪伴服侍她。那时我才明白了"忠孝难以双全"的古训。

奶奶个头不高,看上去很柔弱,可是性子很刚烈,说一不二,得理不饶人,村子里不少男人都怕她三分。在那个年代里,奶奶为我们兄弟六人的成长创造了相对宽松的环境。

奶奶很坚强,认定的事就不会放弃,是出了名的"女强人"。如今,行走只能靠别人帮扶或轮椅。这对于一生勤劳要强的奶奶来说,无疑是致命的打击。面对现实,她不得不屈服,常常发出无奈的叹息。

那年夏天我利用军校放暑假的机会回老家探亲的往事又浮现在脑海。奶奶躺在堂屋东间的床上,手里拿着一把已经毛了边的蒲扇。屋子里并不是很热,有一碗水放在她床头边的小方凳上。我不想惊动她,就悄悄地站在不远处看她轻轻地摇着扇子。她的手很干枯，仿佛凋零的荷叶，头发凌乱，双眼微闭，嘴巴微张，面孔黝黑，布满皱纹，衣襟微敞，脖颈上的皮肤松弛，很慈祥，但比我入伍前显得苍老了许多。这副再熟悉不过的面庞，使我不忍多看。

我不忍心打扰她老人家，正想先暂时离开时，她停下手中的扇子，睁开了眼睛。

目光中没有预期的惊喜，也没有预期的亲热，她怔怔地看着我，眼睛里透着浑浊。这难道就是才与我分别几年、日夜思念我的奶奶？我简直不敢相信自己的眼睛。

为什么没有露出熟悉的笑容？我的心骤然降温。尽管如此，我依旧开口："奶奶！"奶奶扔掉手中的蒲扇，想坐起来，动作是那样的艰难，两只手伸向我。

"你是小六子？"声音里包含着嘶哑的痛苦。奶奶抱住我迎上去的身体，把脸贴上来，我的脸沾上了奶奶的泪水，潸然泪下。

"是我啊，奶奶。"我哽咽着说。

我抱着奶奶失声痛哭。对于亲情，我一向脆弱得很，尽管我一再想抑制着自己不要放出悲声。奶奶面无表情，只是本能地用枯瘦的手指在我的脸上划来划去。我的脸在奶奶的抚摸下布满了泪水。

我注视着奶奶的脸颊，也许由于岁月的风霜，脸上已没有多少肌肉了，只是薄薄的一层皮肤包裹着平平的颧骨，皱纹和老年斑紧紧地堆积在一起，看起来是那样的苍老。是啊，90多岁的老人了，岁月也应该在面容上留下刻痕了。奶奶抚摸着我的脸喃喃自语："你不知道我多想你……"

奶奶的手很冷，虽然是夏天，仍像块冰一样。我想把奶奶的手捂热。奶奶语气低沉地说："没有用了，没有了气血，快要入土了……"

白天，奶奶坐在阴凉的走廊里，阳光肆虐地洒下来，呈现出片片斑驳阴影。空气中弥漫着干燥的风，拂动着屋顶院墙上的草。奶奶的目光呆滞，这也许是她生命中最后的守候。

那个夏天的故事就这样拉开了帷幕。

奶奶回忆起我小时候的模样。她说我一两岁的时候还噙过她的奶、五六岁的时候还光着屁股乱跑；说我有一次不小心掉进刚下过雨的壕沟里，差一点儿被淹死；还说我天生胆小怕事，不敢与小伙伴争斗……她每说完一件事，都会正视我一眼，有时还会露出莫名的笑容，让岁月在往事中沉淀，又在沉淀中悄悄升腾。

奶奶说，那时候她一个人带着我们兄弟几个，都是自己的孩子，前呼后拥着多好啊。现在却不在身边了，都远走高飞了，连个说话的人都没有。一声叹息之后奶奶神情黯淡……每一次回忆是否都是一种留恋，留恋往昔子孙绕膝、欢如燕雀的日子。

她就这样说着话，眼睛就闭上了，坐在那儿打盹，仿佛闭目养神又仿佛安然入睡。此时，这个世界也仿佛变得静谧起来。

我给奶奶洗脚。我想如果在以往，奶奶一定会笑眯眯地夸赞我，是个孝顺的好孩子……可惜我当年没有那样做。我为自己过往的年少不孝而内疚、悔恨，可惜时光无法倒流。

我还为她剪了手指甲脚指甲，小心翼翼地用薄薄的刀片削去她脚底上的老茧。奶奶弯曲的"三寸金莲"底部长满老茧。奶奶老喊疼，我知道她那双小脚承载了太多太多，在那交通运输极不方便的年月，奶奶的小脚就像车轮一样永不停息，包括我们兄弟几个，无不是在奶奶的背上长大的。

夜晚，我决定陪着奶奶睡，就睡在她的身边，像小时候一样。不过这次是奶奶睡在里面，我睡在外面。

万籁俱寂的夜晚我却辗转反侧，对着漆黑的屋顶发呆。不知为什么，我想了很多很多，最主要的是怕失去奶奶。奶奶在我心目中占据着重要的位置，我深深地爱着她。我与她血脉相连，我身体里的每一滴血液都是从她那里经过父亲的身体传递给我的。想到这些，我不禁感叹生命的衔接竟是如此的完美！

与奶奶相处的日子虽然不长，却多次听见她一个人唉声叹气。声声叹息引起我久远的猜想，可是叹息里包含的东西太多了，我一时也无法诠释清楚。

奶奶是一个地地道道的庄稼人。她一生没有出过远门，最远的路程也就是到集镇上买卖东西。奶奶仿佛从来不愿离开村子一样，她生活的村子就是她的全部世界。她在她的世界里生儿育女抱子孙，耕种生息。俗话说，见多识广。但对于奶奶来说，她虽然没有很多的见识，但在她看来，生活依然丰富多彩，心里已经装得很满很满。每个人的灵魂都有栖息的地方。我终于明白了老家村落对于奶奶的意义，也知道了奶奶这一生活得多么明白，多么惬意，又是多么值得！

在奶奶去世的前一年，我又与奶奶见面了。她仍然是坐着，双手握着拐杖上的龙头，下巴搁在手背上打着瞌睡，面容显得更加憔悴，表情木讷，神志不清，对于我的出现已经没有明显的反应。我紧紧握住奶奶的手，冰凉而更加干枯。我跪在奶奶跟前，禁不住泪如泉涌。这是我最后一次见到奶奶的模样。

母亲说，奶奶真的糊涂了，已经不认识人了，当然包括我，也不再念叨我，更不再提起我找对象的事。因为前几年，每次探亲奶奶都会问我，何时成家，每每此时我都会"欺骗"她说"快了，下次带回家让您见见"。可是，直到奶奶去世，都没有见上我的妻子，成为永久的遗憾。

奶奶去世时我不在身边，然而，我在梦中却感觉奶奶来过我的床边，奶奶看了看我，用手摸了摸我的头。惊醒后不久，就接到"祖母去世，速归"的电报，我的眼泪夺眶而出……

祭祖母文

祖母不幸于 1993 年 11 月 22 日凌晨 30 分（农历十月初九）与我们永别了，享年 96 岁。

祖母一生坎坷、饱经风霜、历尽艰辛、含辛茹苦。她为了捍卫祖国领土完整，拯救斯民于水火之中，为了伟大的中国共产党和中华民族，毅然决然于 1938 年献出长子袁汝翠参军参战。我的伯父是一位优秀的共产党员，对党的事业一片赤诚，为了抗日战争的胜利，南征北战；为了祖国的解放事业献出了宝贵的生命，流尽了最后一滴血。这是祖母最伟大、最无私的贡献。从祖母身上看到了中华民族优秀老妈妈的高风亮节和铮铮铁骨。

祖母不仅勤劳善良，而且十分坚强。我伯父的牺牲对祖母的沉重打击是可想而知的。世界上难道还有比老母葬爱子更悲伤的吗？这样的打击是常人难以承受的。然而，祖母却坚强地领着我的父亲艰辛地生活了下来，这充分彰显了她博大宽阔的胸怀。

祖母经历了新旧两个截然不同的社会，饱尝了艰辛。旧社会里，是祖母用勤劳和智慧支撑着我们贫寒的家。为了使全家人在艰苦的环境中生存下来,她天不亮就起床劳作,夜深了仍纺织不止……可谓倾注了全部的心血,耗尽了毕生的精力。

祖母与我母亲在几十年的婆媳生涯中相依为命,共同承担起家庭的重担,携儿带女育子孙。九年前,祖母不幸骨折,失去自理能力。这个沉重的护理负担就落在母亲身上。由于母亲无微不至的关心和照顾,祖母才得以长寿至今。今后我们将永远铭记祖母的话,加倍孝敬父母。

祖母对亲友关怀备至,时时事事展现出一个革命老妈妈的胸襟。邻里相处很和睦,无论谁家有困难,她都能热情帮助;无论谁家的孩子,她都像对待自家的孩子一样去关心。因此,街坊邻居们对祖母的逝世无不伤心落泪。乡邻之所以从心底敬重祖母,主要是因为她坚强乐观的生活态度和善良正直的人品。这些构成了祖母非同一般的人格魅力。用儒家的"五常"来对照,她基本做到了。

敬爱的祖母与我们永别了,再也不能看到祖母慈祥的面容;再也聆听不到她的谆谆教诲,这种损失是无法弥补的。

祖母的逝世感天泣地。大雪纷飞落神州,万里江山皆白头。呼啸凛冽的北风哭泣哀号,滔滔江河奏哀乐。

祖母永远离开了,我们不但永远怀念祖母,而且还要严格教育子孙铭记祖母的非凡贡献。没有祖母,就没有我们这个家;没有祖母千辛万苦的哺育,就没有我们兄弟六人的茁壮成长;没有像祖母这样的革命老妈妈的无私奉献,也就没有我们今天的幸福生活。

我们将铭记祖母的谆谆教诲,化悲痛为力量,竭尽全力工作,学习祖母的优秀品德和高尚情操,将美德家教世代相传。

缅怀祖母,我当作歌,歌曰:

严冬腊月天地寒，祖母长辞离人间。
举家至亲痛欲绝，吴刚嫦娥迎奶奶。
真情实意感天地，孝子贤孙心才宽。
驾鹤仙游云霄去，功德流芳千万年。

祖母的英灵，将与天地同寿，与日月同辉。

告慰天堂的奶奶

敬爱的奶奶：

您走了已经 20 周年了。在这个追思的日子里，我想跟您说说话，聊一聊您走后这些年的变化。

去年的 11 月 3 日，即农历十月初一，是个祭奠的日子。已经寿登耄耋的父母亲率众子孙及亲友为您树碑立传，圆了我们的夙愿。那天，我作为您最小的孙子，站在坟茔前，对着新落成的墓碑，思绪万千，心潮澎湃，心中有千言万语而又不知从何说起。因为您老人家走过的这近百年，是中国扭转乾坤、翻天覆地的年代。这段中国历史太丰富了，您的人生历程也太丰富了，跨越了新旧两个社会，饱经沧桑，我看不尽，听不够，也享用不完。我虽然只与您朝夕相处了18年，可是您的优秀品质一直影响着我、激励着我走好人生每一步，并将永远影响着我、激励着我……

在您离开的日子里，我始终没有忘记您老人家，时常将眷念转化成文字，字里行间流露出对您深深的爱，在我的思念中寻找，您老人家在我人生中留下最深烙印的东西。我写的纪念文章有 10 余篇，文章打动了很多读者，其中我熟悉的读者告诉我，他是流着眼泪读完的，还推荐给了亲人。文章在网络上传播后受到网友的好评，除了认为文章的真情感人肺腑外，还称赞我有一个了不起的祖母。奶奶，孙子真的为您感到骄傲和自豪！

您在我的心目中平凡而又伟大。说平凡是因为，您像无数个农村妇女一样，躬耕陇亩，守望家园，没有见过什么大世面且目不识丁，甚至连自己的名字都没有；说伟大是因为，您老人家知道"皮之不存毛将焉附""国家兴亡匹夫有责""舍小家保大家"的道理。正是这样，您老人家才在中华民族面临生死抉择的关键时刻，毅然决然送自己的亲骨肉、我年轻的伯父参军参战。我的伯父是一名优秀的共产党员，为了抗日战争的胜利，为了中华民族的解放事业，与敌人英勇斗争，不幸壮烈牺牲。您送长子赴国难的大义行为令万流景仰，这也是您老人家最博大无私的奉献。正是受到您的影响，我们兄弟有 4 人相继参军报国，这既是忠贞不变的爱国情怀，也是咱袁家代代相传的优良家风。

您承受着痛失爱子的巨大悲痛，依然顽强地生活着，支撑起咱们这个家。您深知"落后就要挨打""知识改变命运""知识就是力量"的道理，于是决定让父亲报考师范院校，毕业后从事教育工作。您认为教书育人也是报国，教育能使国家强大。父亲毕业后做了一名奔波于乡间小路的教师，风里来雨里去，享受着那份桃李满天下的喜悦与欣慰。您的远见卓识由此可见一斑。父亲执教 30 余年，多次被评为先进工作者。在父亲的影响下，我的两个哥哥和嫂子也相继执教，薪火相传，兢兢业业地坚守在教师岗位上教书育人。

您的伟大之处还在于能够勤俭持家。新中国成立后，百废待兴，在那个一切都"贫血"的年代，我们兄弟 6 人在十几年间相继降临人世，如何不忍饥挨饿是当时面临的最大困难。然而，我们不但没有受到任何伤害，而且都得以茁壮成长，您为此付出的艰辛可想而知。您除了给予我们物质上的享受，还在日常生活中不失时机地教诲我们。比如在吃东西的时候，就会讲孔融让梨的故事；再比如与人交往的时候，教育我们为人处世要学会谦让，这也是您教给我的最重要的人生课程之一。在家，谦让父母，谦让兄弟姐妹；在外，谦让长辈，谦让同学同事，谦让荣誉，谦让利益，谦让值得谦让的一切。谦让，既意味着自己对个人荣誉、利益所得的看淡，也意味着自我人格的升华。我走入社会后终于明白，您让我从小养就的谦让习惯，在面临复杂的社会关系，处理个人与他人、个人与集体、家庭与国家利益时，获益良多。我们兄弟几个在您的教诲下，相继成人成才，且都有所作为。我们的孩子也都在成长进步，大多已经成家立业。

奶奶，您知道吗，自您进入袁家以来，咱们的大家庭已经五世其昌，30多口人，可谓人财两旺。我们的党和人民继续着改革开放的事业，正在为实现中华民族伟大复兴的中国梦而努力奋斗。我想，您若天堂有知，一定会为这日新月异的变化感到欣慰的。

爱您的孙子　巍然
2013年清明节前夕

父亲的教育人生

父亲因病医治无效永远离开了这个世界,享年85岁。这个不幸的消息如同晴天霹雳震惊了全家。我们哭了,哭得晕头转向,哭得连苍天都感动了,也流了一天的"泪"。

那天,是一个阳光洒满大地的明媚日子,数百名亲朋都自发地来送别我敬爱的父亲。在遗体告别时,我模糊的双眼看到父亲的面容是那样的安详,静静地躺在那里,仿佛熟睡的样子,亲人们撕心裂肺的哭喊再也无法唤醒他老人家。遗体的正前方是我含泪撰写的一副挽联"敬业勤勉殚精竭虑躬耕卌载桃李遍天下;崇真向善厚德载物同堂四世美誉满乡间"。这是父亲人生的真实写照!

父亲出生于苏北丰县袁庄村,兄弟俩,排行老二。父亲一生经历新旧两个社会,青少年时代饱尝了中华民族遭受侵略濒临亡国的苦难岁月,年幼的他极力支持胞兄参军参战抗日救国,其胞兄壮烈牺牲,被国家批准为革命烈士。面对国破家亡,自幼体弱多病的父亲用那稚嫩的肩膀早早地勇敢承担起家庭重担,与父母相依为命,度过了漫长的苦难岁月。

年幼的父亲深知，国家只有强大了才不会被欺辱，国家要强大离不开人才。于是他发奋苦读，成功考取师范学校，成为一名光荣的人民教师，毕业后一直致力于农村教育事业。

父亲还没有成家，爷爷便病故了。父亲与母亲结婚后，在奶奶的带领下相濡以沫，硬是撑起了我们这个大家庭。在生活最艰难、几乎无以为继的时候，支撑父亲的，是他对奶奶的孝和对我们的爱。在那样的环境里，坚强而通达的父亲始终坚持着让我们读书，不管自己肩上的负担有多重，他都咬牙坚持着，他相信"知识改变命运"，只有读书，才可以让孩子过上不一样的生活，才可以用知识报效祖国。父亲凭着最质朴的情怀和对中国传统文化最朴素的理解，把我们兄弟六人培养成才。

父亲在近40年的教学生涯中，呕心沥血、孜孜矻矻，奉献了大半生的精力。其间，教学岗位虽经常变，而他对教育事业的执着未变。一分耕耘一分收获。父亲多次荣获"县乡教育先进工作者"称号，还荣获了徐州市人民政府颁发的"从事教育事业三十周年"荣誉奖章，可谓桃李遍天下。他的许多学生走上了领导岗位。

"文革"后期，父亲被借调到首羡公社任文字秘书，主要负责搜集整理"文革"期间所谓"造反派头目"的材料。父亲不上纲上线，坚持实事求是。为了验证举报资料的真实性，常常"微服私访"，深入调查取证。他通过努力工作，保护了许多无辜的群众免受牢狱之灾。

"最美的家风是学风，最好的家教是身教"，这是父亲最深刻的家教感言，且一直在身体力行。父亲认为健康家风的保持，需要好书的陪伴和书香的浸润。在子女面前，父亲大多时间是寡言的，除了读书就是写作，当然这里所说的写作就是他平时喜欢把所悟所感所思记录下来，但从未有要发表的念头。在事后整理父亲的遗物时我发现，他留给我们最多的财富就是经年累月积存下来的约1米高的笔记。

父亲的人生因读书而灿烂。读书明德的好家风让我们这个近40人的大家庭深受其益，真可谓满门书香，几代人薪火相传。

父亲珍惜事业，不嗜烟酒，生活节俭，热爱家庭，既没有惊世骇俗的人生经历，又没有取得世俗概念上的成功，也没有对生活的困境发出怨言。父亲从严教育子女，先后将四个儿子、三个孙子送到部队，完成了他与胞兄保家卫国的共同夙愿。

父亲平易近人、乐善好施、思路清晰、思想开通，让每一个亲近他的人都如沐春风。同事、亲邻等遇上什么困难，都会找父亲诉说，或寻求帮助或请求支招。不服输的父亲总是认为办法要比困难多，很多难题也因此迎刃而解。故在别人眼里，父亲比一般读书人更明理、更通达，更受到大家的爱戴和拥护。

父亲是一个可以坦然承受所有苦难，也可以从容享受生活乐趣的人。父亲的晚年是在城市里度过的，生活质量比在农村老家提升很多。父亲也不再执意于所谓的苦日子，而是高兴地穿上儿孙们买来的西装、风衣、羊绒衫、羽绒袄等新衣，戴着礼帽，享受着大家的关爱与照顾，享受着天伦之乐。他常说："人既要能受罪也要能享福，我现在到福窝里了。"

父亲这辈子，最高兴的就是能为别人做点什么，最怕的就是给别人添麻烦，包括子女。父亲向来主张减轻后辈的负担，让儿孙省心、省事、省钱、省力，要后辈成人、成才、成功、成就一番事业。这次父亲患病，如果及时告诉我们，迅速抢救，或许可以将生命延续，然而，面对痛苦他却继续忍受，结果延误了最佳抢救时机。父亲自发病至离开我们始终没有一句话。父亲终其一生，把全部的爱给了我们，用全部的智慧和能量维护着大家庭的和谐发展。

父亲留下的家风看似无形实则有形，让我多了一些欣慰，少了一些遗憾；多了一些果断，少了一些彷徨。

雨果曾说，每一个伟大的人物都会点亮很多人心灵的火炬。父亲只是一个普通人，他不会刻意去点亮谁，他只会努力点亮自己去照亮别人。我感恩父亲的熏陶，感恩父亲40多年来的陪伴。如果有来生，我还会和他做父子。

父亲捕鱼

  身为教师的父亲既是教学能手,也是捕鱼能手,因为他的业余时间有很大一部分用在了捕鱼上。

  我经常听父亲说,在那个贫困的日子里,他想出了改善生活的好办法——捕鱼。那时,村子的周围以及附近的河流常年水流不断,野生的鱼儿有很多。父亲不惜用了两个月的工资购买了渔网。那张网使用了多年,成了我家的功臣,在父亲眼里视为宝贝,在其心里视为过好日子的金钥匙。父亲离开了渔网,似乎便失去了收获的乐趣。父亲经常说,我们一家人多亏了那张渔网,家里三天两头就能吃次鱼。可以说是那张渔网改善了全家人的生活,甚至说是救了全家人的命。

  夏日的记忆里,父亲只要不出去捕鱼,最喜欢干的活儿就是整理渔网。因为使用过的渔网大都会留下一些形状不规则的窟窿,如不及时缝补,下次就很难捕捞。"漏网之鱼"也是因此而得名吧。父亲总是将渔网收拾得干干净净,修补得妥妥当当,挂在盛放杂物的西屋墙上,如同精心保养以备战事的武器。

缝补渔网可是一件技术活儿。在我看来，父亲飞梭引线的操作不亚于魔术师眼花缭乱的动作，尤其是在渔网的洞口如何打结，如何穿线，如何连接，会让我看得如坠云里雾中。也许是熟能生巧的缘故，父亲练就了一手结网穿线的绝活。

　　偶尔，父亲还会用猪血浆网，即将网放进生猪血里浸泡上好大一会儿，等到网线充分吸收血浆后，再拿出来挂到铁丝上晾晒。晒干后的渔网摸起来很坚硬。父亲说这样做的目的是使渔网在入水的时候更加迅速，鱼儿不容易跑掉，再就是渔网散发出的血腥味可以吸引鱼儿。

　　夏天雨水充足，一连多日暴雨倾盆，沟满壕平，大河很快变得宽阔浩荡，泛黄的河水打着旋儿滚滚流淌，来自上游的鱼群也集结着顺流而下。"大河里来鱼啦"的消息一下子让全村人空前兴奋。通常两人合伙，手扯网纲逆水把鱼兜住，这种方式大伙称之为拉鱼，是一种技术含量不高的捕捞方法。

　　父亲捕鱼使用的撒网方法，才是一件技巧极高的活儿，技术不熟练的人是无法完成的。哥哥跟着父亲学了很长时间，才掌握了技巧。这种技法在内地的河流湖泊中最常见，即用一只手拿着网的一边，渔网线的一头拴在手腕上，另一只手把长长的带铅坠的网甩出去。

　　父亲面对围观者开锅一样的吵吵嚷嚷，一言不发，一板一眼地收拾好渔网，然后，目不转睛地瞅着泛花打旋的河水，选定一个别人看来并不显眼的地方，赤脚蹚进水里，根本顾不上河水早已将高高挽起的裤管打湿，然后双手操着整理好的渔网，就像拿起一把待开的折扇。只见他戴着草帽的头微微向后仰起，接着身子猛然前倾，双手次第起落，渔网像张开翅膀的大鸟，又像被风撑开的云朵，在水面上形成一个椭圆形后，在铅坠发出的清脆的撞击声中，慢慢随着铅坠沉入水里。水面上发出同样清脆的声音，那是渔网入水的刹那间发出的声音。父亲的双手扯住沉甸甸的网纲，心里涌起沉甸甸的喜悦，凭着感觉和经验，这一网绝对有不少的收获。慢慢往一起拉，而且还要经常上下抖动渔网，目的是让鱼儿更好地入网。如果用力过大过快，就可能会造成渔网破损或者鱼儿挣破渔网。

随着渔网一点点浮出水面，网内鱼儿攒动，密匝匝的鱼儿用尾巴甩出密集的水花，同时伴随着鱼儿相互击打的声响，那是鱼儿在垂死挣扎，不愿就擒。很多围观者都会惊呼，父亲却表情平静，因为这样的结果早就在他意料之中。在整理好渔网之前，他绝不心急火燎撒第二网，像吟诗作赋一样慢条斯理，仔细清除网上细小的草屑树叶等杂物，一遍遍将渔网洗涤干净，那般笃定沉着，胸有成竹。父亲的捕鱼行为对我后来做事影响至深。

父亲经常提起他的经典"战例"。有一次，他带着哥哥又去捕鱼，当时小河里水流湍急，父亲远远看到一条貌似鱼的发黄的东西过来了，哥哥当时判断，可能是只被淹死的黄猫，顺着水流冲过来了。父亲则认为是条大鱼。说话间，那东西已经近在眼前，原来真的是条大鱼，由于流动速度较快，直接出手撒网恐怕来不及了，父亲于是急中生智，大喝一声加上用力猛一跺脚，如此动静果然将大鱼震住了，只见鱼立即停了下来并在原地打了一个旋转。说时迟、那时快，父亲趁机将网撒了下去，牢牢将大鱼罩住。此时的大鱼当然不甘心就范，在渔网里窜来窜去，父亲只好趁着巧劲慢慢收网，任凭大鱼折腾。过了好大一会儿，见大鱼筋疲力尽了，父亲才下到水中，用整张网把大鱼包裹了起来，而后抱上岸，围观的人们顿时开心地欢呼起来。那条大鱼有7斤多重，母亲将鱼做熟后分享给了左邻右舍。

父亲捕鱼的事儿还有好多好多……

母亲的手

人的一生中要见识许多事物,看到许多景色,有些如过眼云烟,看过就遗忘了;有些却深深地印在脑海,像电影镜头定格一样,留在记忆深处。

母亲的手就是我终生难忘的一个特写画面。那是一双宽厚有力而又粗糙的手,因经年劳动,上面纵横着千沟万壑,那是菜刀、镰刀、剪刀等用具的刻痕,每层老茧、每条纹路下写满了春夏秋冬。一双手,雕刻了所有的长短时光。这时光是儿女们带给她的毕生操劳。在我的眼里,母亲的手永远都是最美丽的!

从我记事起,就知道母亲是家里最忙碌的人,除了要照料全家人的衣食住行,还要喂养家畜家禽等。队伍庞大,事务繁杂,都要母亲一个人操持,一件件打理。每天都是母亲起得最早、睡得最晚,夜里还要在灯下纺线织布、缝补衣衫、做鞋子等,尽量让我们穿得干净、漂亮、体面、暖和。

母亲是做针线活儿的好手。每当农闲的时候,母亲会把家里破得不能再穿的旧衣服整理出来，小心地拆成一块块布片，再找一块木板，把浆洗过的布块一层层地涂上糨糊，等晒干后揭下来就做成了袼褙。

母亲白天要下地干活，只能在晚上做鞋。在昏黄的灯光下，母亲戴着顶针，引着长长的纳鞋线端坐灯下的身影，成了我童年时代熟悉的画面之一。顶针是母亲用来做针线活的必备工具。从我记事起，母亲的手上就一直戴着那枚顶针。顶针是黄铜做的，外圆有两枚戒指那么宽，内圆刻有细小的梅花图案，外圈布满密密匝匝的小窝点。母亲纳鞋底的时候，先用缝衣针在鞋底找准位置用力扎进去，再用顶针把缝衣针用力顶过鞋底，实在顶不动了，就用钳子往外拔。为了结实，每穿过一针，母亲都要用手把纳鞋线拽住狠狠勒紧，甚至用牙齿咬着拉。一双鞋底纳下来，手指上全是道道伤痕。冬日的夜晚，我常常看到母亲坐在昏暗的煤油灯下纳鞋底，在万籁俱寂的夜晚，拉线声是那样的清晰，不绝于耳。在岁月的打磨下，母亲的手越来越粗糙，唯有手指上那枚顶针越发锃亮。

儿时的我有一次感冒发烧，浑身难受，就冲着母亲撒娇，躺在床上呻吟。每到这时，母亲都要端来一碗煮开的红糖水，里面沏上姜丝，望着我一口一口地喝下去，再给我盖好被子发汗。然后母亲就坐在床沿上，用她的手在我的脑门上搓来搓去。她的手如同一把木锉，搓得我皮肉疼痛中透着舒服，一直把我搓到熟睡，母亲才去做她的事。

母亲那双手一到冬天裂得都是伤口。她一个人带着几个未成年的孩子，家里家外忙个不停。那时，如不下地劳动多挣些工分，就分不到粮食，仅靠父亲的微薄工资很难维持生计。不烧火做饭，全家人就得饿肚子。寒冬腊月，室内的水缸都结满了冰碴儿，母亲不顾严寒，洗衣、做饭、喂猪……手终日在冰冷的水里浸泡着。

母亲的手常年染着颜色，有时是蓝色的，有时是紫色的，也有时是红蓝相间的。母亲把线纺好后就从供销社买来染料，把那些线染成几种不同的颜色，然后再织成花布，制作被面、床单、衣服等。母亲织的布质地好、花样新，在村子里是出了名的，除了自己用外，还拿到集市上去卖，换点零花钱。母亲的手上本来就裂着口子，一道一道的，染线、染布时，被那五颜六色的染料一浸泡，就有了洗不掉的颜色。

在人口膨胀和物质匮乏的年代，往往是兄弟几人接连穿一件衣服，衣服由新而旧，最后已经是缀满补丁、伤痕累累。母亲总是尽力将每个补丁修复完美，整整齐齐，干干净净，穿在身上补丁更像装饰品，因此常常得到大家的夸赞。母亲总是白天做农活儿，晚上做针线活儿，将白天和黑夜贯穿。

清晨，在挑水劈柴的劳作中，母亲用双手把沉睡的大地唤醒；夜晚，在缝补织纺的繁忙中，母亲用双手把不眠的长夜捧来。由于父亲常年在外面教书，家里家外的农活儿都要由母亲承担。

母亲这双普通而又奇特的手，把我们兄弟送到各自的工作岗位。

那年我参军，临行前母亲又连夜赶制了两双布鞋。尽管我告诉母亲部队管吃管住还发衣服、鞋子，她还是执意这样做。临行前母亲叮嘱："一定要将娘亲手做的'千层底'带上，儿行千里母担忧，想娘的时候就看看这鞋子……。"那时我才真正体会到母亲对我深深的爱，眼泪顿时模糊了双眼。

后来，我闲暇时间大都穿着母亲一针一线为我缝制的布鞋，穿着母亲用心血编织的布鞋，觉得踏实、稳健，似乎母亲千里相随，一路叮嘱我：一定要走正道……

随着时间的推移和年龄的增长，特别是在自己做了父亲之后，便不时想起儿时的事情，怀念在母亲身边生活的岁月，后悔只知有衣蔽体、有饭果腹，却从未去感恩母亲的操劳，从未去反思母亲的衰老。母亲的那双手，曾经无数次为我喂饭、洗尿布、缝补衣衫……不辍劳作、布满岁月沧桑，饱含着沉甸甸的养育之恩。

谁言慈母爱，只是身上衣？母亲除了给予我物质上的东西外，还给了我很多精神上的，比如乐观、积极、勤劳、向上等性格。这些虽是无形的，却激励我度过人生无数艰难时刻。

母亲那双手，已成为我人生路上的阶梯，时时在扶植着我、感染着我、激励着我走好人生的每一步。

母亲的针线包

从我记事起,就见母亲的身边有一个针线包。确切地说,应该是一个包裹。一块灰不溜秋的旧布,包着一个色彩缤纷的世界,里边是花花绿绿的布头,各种颜色的细线,纳成半截儿的千层底,绣花的鞋脸,又匀又细的麻绳,白白的毡片,鞋样,花样,各种纽扣,剪子,锥子,顶针,补袜子的楦头,捻线轴……应有尽有,看上去就像万宝囊。这些东西相互配合着,在母亲的手里经历了一个过程后,神奇般地变成各式各样的衣物。于是,我们的身上便有了温暖和整洁。

母亲是苏北典型的农家妇女,过日子十分节俭,喜欢收收拣拣。在母亲的眼里,裁衣剪下的边角料,破了洞的袜子,扯断了的鞋带,一根针,一粒扣子,一段线,等等,这些被废弃了的,很不起眼的小东西,到了她的手里,说不定啥时候就会派上用场,变废为宝了。

母亲在做这些事情的时候,表现出少有的细致和耐心,而且常常一边做,一边欣赏着自己的佳作,甚是兴奋。在别人眼里,母亲的手很巧。母亲做鞋垫时,只要用手一量鞋的尺寸,很快就会剪出一个样子来,等鞋垫做好了，放进鞋里，不大不小，正合适。为此，常常引得左邻右舍的妇女们到家里请教母亲。殊不知，这么精巧的手艺是母亲用心血打磨出来的。母亲拉扯我们兄弟六人，在困难的家景下该是多么不容易呀！

母亲针线包里的东西尽管有很多，但是很有条理，放置有序。布头和布头在一起，针都插在一个线团上，做鞋用的毡子、面料和鞋帮捆在一起，扣子都串成串儿，线和纽扣都各自装在小口袋里。母亲做这样的归整，不但用时好找，而且看上去也有一种层次分明的视觉上和心灵上的清爽。母亲的针线包，永远都是方正、有序的，充分彰显了母亲做事的条理性。母亲在做家务时经常教导我们，做人最难的是做一个好人，一个有用的人，做人要方正、有序。人，从一开始学走路，就要遵循这个规整的"方"字。只有方正，长大以后，做事才会稳当，踏实，不摔跟头。有序，就是做事要有原则。凡事都是有原则的，破坏了事物的原则，就会乱套。正是由于母亲的言传身教，使得我们兄弟六人可以在以后的人生路上行稳致远。

燕归来的时候，母亲闻到了春的气息，于是从柜子里找出我的夹袄来，翻开针线包，拿出针和线，缝缝边角，补补窟窿，缝好了就放在太阳底下，让阳光晒晒，让春风吹吹，再拍一拍，整一整，然后唤我过来，帮我换上轻巧的春衣。接着她在我身上摸一摸，仔细地端详一会儿，随后莞尔一笑，亲昵地说："去吧，这就轻快多了。"我便像放飞的燕子，冲出家门去玩耍。

有一年初冬，母亲用针线包里的布头和针线给我做了一双棉手套。手套是小老虎的形状，金黄色的毛皮，黑而圆的大眼睛，嘴巴上长着长须子，样子煞是可爱。我把玩着，先是把大拇指伸进它的一只耳朵里，再把另外四个指头从它的嘴里伸出来，然后把手一摆，小老虎便随着我的手活动起来，一会儿闭嘴，一会儿张大口，一会儿眯起眼睛打盹儿，一会儿又突然睁开眼，龇牙咧嘴，十分好玩。母亲边做针线活儿，边看着我慈爱地说："有了它，冬天就不会再冻手了，要好好保管，爱惜使用。"

母亲做的这副手套温暖了我的双手，也给我带来莫大的荣耀。我戴着"小老虎"在小伙伴们面前晃来晃去，两眼放射出得意的光芒。当小伙伴们惊羡的目光全都集中在"小老虎"身上时，我却故意将两只手藏在背后。那时，不谙世事的我在小伙伴面前表现得竟然如此小气。现在想来，不禁感到一丝羞愧。

冬天还没有结束，我的"小老虎"就丢了。我那几天真的跟丢了魂似的，闷闷不乐，而且总怀疑是某一个小伙伴偷走了。当我将这一想法告诉母亲时，母亲严肃地批评了我："没有证据不要乱说，要相信别人，要学会保管好自己的东西，特别是别人没有的……"许多年以后，我给了母亲一个圆满的答复：我学会了珍惜拥有，学会了对别人信任；不该丢掉的，一定会珍爱着；不该忘记的，一定会铭记着。

母亲的针线包，就像闺密一样，时常和母亲在一起。母亲只要有闲暇，便打开针线包忙活起来。母亲做啥都很像，惹得邻居们常来讨教。母亲总是热情接待，耐心地把做针线活儿的奥秘和技巧告诉她们，有时还为她们做好样品送过去，那副认真劲就像在给自己做活一样。经常能听到人们对母亲的赞美，说母亲针线活儿做得好，心地善良。

母亲的针线包装满了关爱、善良和真诚。亲人们在它的关爱中领略着幸福，邻居们在它的善良中感受着温暖，周围的世界在它的真诚中充满着和谐。它昭示的是一种美德，一种心性，一种物语。做母亲的儿子，是我一生的荣耀和幸福。因为，母亲身上美好的东西，时刻在影响着我，感染着我，激励着我，让我受益终身。

一碗鱼汤

我爱母亲。

可是有一天，当我长大成人，尤其是有了属于自己的小家庭后，发现思想和感情已在不经意间悄悄地发生了变化。

那还是我儿子刚刚出生的时候，当我将母子平安的消息打电话告知母亲时，电话那头的她喜极而泣。当天下午，她不顾风大雪大，步行十几里路走到小镇上的汽车站。由于气候恶劣，她等了好几个小时才上了一辆过路车，背着大包小包，里面装的多是儿子的小棉袄、棉裤及尿布等衣物，赶到了数百里外我生活的城市。她又费了好大的周折才找到我的小家，到了已是万家灯火。母亲因为一路奔波极度劳累，没洗脸便和衣睡着了。但是母亲的到来并没有给忙碌的我带来太多的欣喜。我将沉睡的母亲叫醒，说是怕着凉。其实，我更多想到的是母亲的衣服未脱脚没洗，会将那条床单弄脏。

母亲在第二天的5点多钟就起床了，捅炉子、烧水，在冰冷彻骨的水中将几十块尿布洗净，又用开水烫过后晾在阳台的铁丝上。7点多钟，我从菜场回来，将两条鲫鱼扔到正在厨房里洗碗的母亲面前说，烧点儿汤，说完就哈着双手跑回自己装有取暖炉的房间。

约20分钟后，母亲端着热腾腾的鱼汤走过来，汤是黑褐色的。原来母亲烧汤时放了酱油，一边是躺在床上的妻子，一边是双手托碗的母亲，我不知怎么就大声吵嚷起来。母亲愣住了，她不明白我气从何来，更想象不出她曾经听话的儿子怎么会如此做派。我用余光瞥视着母亲，她紧闭双唇，呆滞的目光停留在半空，混浊的泪水从母亲的脸庞缓缓流了下来，滴落在衣襟上。那一刻，我看到了母亲眼神里的内疚与不安，仿佛听到了母亲心脏激烈地跳动，感受到母亲躯体的瑟瑟发抖，那一刻，许久许久……

"是我不好，是我一开始没问清楚。"母亲哽咽着说。此时的我，根本没有将母亲的话听进去，更没有理解并原谅母亲的意思，而是将房门"砰"的一声关上了。

凛冽的寒风呼啸着，母亲踏着雪雨，去菜市场重新买回两条鲜活的鲫鱼，炖成浓浓的一碗白汤端到妻子的床前。母亲将原来的一碗，一口一口地喝下去。当喝完最后一口，她把久久低着的头抬了起来。我看见母亲含在眼中的泪水掉在那件蓝色碎花的棉袄上，想想当时的我多么不懂事。

那一夜，母亲在隔壁的木板床上"嘎吱嘎吱"辗转反侧，我也半倚在床上一宿未睡，又想起了母亲的过往。在贫困的年代，母亲用坚强的臂膀为一家老小扛起了生活的希望。地里的庄稼，家里的油盐酱醋柴，都是母亲一手操持着。母亲很能干，在生产队集体劳动时，男劳力与女劳力的工分是有区别的，自然是男劳力的工分要比女劳力高，但是母亲为了多挣工分，常常请缨承担起男劳力的活儿，所以每年工分累计下来，母亲的工分数总是介于男劳力与女劳力之间，不够的工分数就用家里卖掉一头猪的钱，或者用父亲微薄的工资来买。这样一年下来，勉力维持全家的生活。她就这样年复一年地忙忙碌碌，奔波操劳，脸上写满艰辛与刚毅、焦虑与期盼。原本以为等到我们兄弟几人都有了出息，就可以安享晚年了，谁知又受到儿子的如此"礼遇"……我本以为母亲翌日一早肯定会回去，结果出乎意料，她不但没有走，而且在这里一直待到小孙子满月。

母亲很快忘却了那一次的不愉快，却将我给她买的一只热水袋和唯一一次给她洗脚剪指甲的事儿牢记在心，并且告知了她认识的人。

母亲的人格、性格和品德，成为我一生待人接物、为人处世的基本准则，使我感受到人要不断修养自己，要吾日三省吾身，经常清理排除怨、烦、恼、怒、恨等不良情绪和各种妄想，努力修出一颗平和的心、诚善的心、清纯的心、宽大的心、感恩的心、乐观的心；既要保持奋发向上，又要保持心平气和，面带微笑，开心常乐的状态。母亲是儿子的巨著、女儿的史诗，更是所有人最崇拜的女神。关于母亲的故事，一辈子都讲不完。

这就是我最敬爱的母亲！

我是母亲放飞的风筝

春光明媚，柳绿草长，蝶舞莺飞，正是思绪放飞的季节。我仰望天空中飘曳的风筝，不禁提笔记起故乡的母亲。

儿时的我常常独自一人在离村前较远的小溪畔玩耍，是母亲的呼唤引我回家。长大后，我带着母亲的嘱咐来到军营，在部队勤学苦练成长进步，考入了军校，加入了党组织，成了带兵人，但母亲的教诲一直铭记在心。在这放飞的季节，我恍然大悟，我是母亲心中永远的孩子；我是一只由母亲放飞的风筝；我系着母亲一生的痴愿搏击人生，怎么也飞不出母亲至爱的牵引。

参军前，我整日忙于苦读，平素难得有闲暇与母亲聊天。入伍后的我仍不谙世情，加之远离故乡，更少了与母亲沟通的机会，便难以理解母亲的心境。只是有几次探亲，无意中发现母亲两鬓的头发已稀少花白，心底才泛起一阵阵不可名状的内疚感。忠孝难两全。我唯一能报答母亲深恩的，也只有竭尽全力干好本职工作，取得优异的成绩，让她老人家欣慰。

当初的几年，我只是在报刊发表了些豆腐块大小的文章，但在母亲眼里却是件了不起的大事，于是逢人便夸儿子有本事、是文化人、会写文章。记得在我还在读书时，母亲就经常说："我儿子将来一定会有出息的。"正是这句母亲常常挂在嘴边自言自语的话，激励着我求学求知、发奋努力，也成为我追求真理、寻求生命更高价值的原动力。在母亲润物细无声的教育下，我幼小的心灵就深深植入了她给我的人生目标。

每当母亲接到我探亲的消息，便兴奋得夜不能寐，还精心为我制订食谱。那浓浓的亲情使我刻骨铭心。

如今日渐成熟的我，文章已两次在集团军展出，面对部队首长的鼓励，日益增厚的见报剪贴，十几本获奖证书，两本省杂志社和报社的特约记者证……激动之余满是内疚。母亲所有的痴愿只是希望我有出息。在这放飞的季节里，母亲双手紧握牵引的线轮，遥望天空，正以无限的爱滋养我茁壮的生命。每当想起如何能使饱经沧桑的母亲身体更安康，晚年更幸福，让母亲的愿望得到点滴回报，我便有一种力不从心的感觉。于是，我笔耕的步伐丝毫也不敢懈怠，唯恐愧对母亲的爱。

风筝竞舞的季节，我把自己比成母亲放飞的风筝，不禁扪心自问：何时才能真的有出息？至此，一种愧对母亲的感觉油然而生。母亲是善良与爱的同义词。望子成龙是天下父母共同的梦想和愿望。

光阴荏苒，母亲正以飞逝的生命来滋养放飞的希望。

四代人的军装情

在我儿时的记忆里,常听父亲讲述我家光荣的革命史,这也许是对年幼的我进行的一种特殊的红色教育吧。祖父曾在军阀混战期间参军,由于当时局势混乱加之革命形势不明朗,在部队服役两年多时间便脱下了军装。我的伯父在中华民族最危难的时刻挺身而出参加了共产党的抗日队伍,结果在解放战争初期壮烈牺牲。正是由于出生在这样的革命家庭,报国之志薪火相传,我们兄弟四人相继参军报国。

出生在20世纪70年代的我是听着家族史看着战斗影片长大的,而且三个胞兄都有从军经历,耳濡目染的我自幼便有一种浓浓的军装情愫,并对军营充满好奇与向往。

军装作为军人的外在标志,既是官兵们遮风御寒、护卫自身的基本条件,同时也是展示国威军威的重要体现形式之一。

当时的物质条件匮乏,哥哥退役留下来的旧军装,也成为我御寒的必备衣物。军装肥大,瘦小的我穿在身上显得很不合体,甚至看上去很滑稽,但是我依然感觉很自豪,仍不忘向小伙伴们炫耀。

当年哥哥穿上新军装告别亲友时,我便紧随其后充当保镖,用警惕的目光打量着他人，生怕有人会触摸哥哥的新军装把它弄脏。

光阴荏苒，岁月如梭。转眼间我也长大成人了。20世纪80年代的最后一个初春，时值国家征兵工作改革，一改往年冬季征兵变成春季征兵。我毅然放弃高考偷偷报名参军，结果如愿以偿。我始终记得自己第一次真正拥有军装时的情景。

接到入伍通知书的那天上午，我兴高采烈地从人武部将崭新的军装领回来，便迫不及待地把自己从头到脚"武装"起来。新军装穿在身上，虽看上去显得有些臃肿，但我照样乐得合不拢嘴，一边哼着小曲一边兴奋地对着镜子照前照后，还对着镜子练了练举手礼，那不标准的军礼看上去很滑稽，自己也跟着情不自禁地笑了。在房间孤芳自赏了无数遍还不过瘾，我又特意走到大街上，见到熟人老远便热情地打招呼，生怕别人没看见自己，骄傲地享受着路人投射过来的羡慕目光，可谓神气十足。

到了部队后，我又领了一套相对合身、美观的冬常服。刚开始几天，还注意爱惜自己这两身簇新的军装，生怕一不小心把它们弄脏或刮破了。随着新兵生活的逐步展开，训练强度也一天天加大。白天是每天一趟的五公里越野和反反复复的队列与器械训练，晚上则是两个小时的俯卧撑和仰卧起坐等体能训练。在这样高强度的训练下，虽是春寒料峭的初春，军装也时常被汗水浸湿。遇到下雨天气，卧在泥水里练瞄靶和摸爬滚打，一练就是小半天，汗渍、污渍混合在一起，军装更是被弄得脏兮兮的。那种初次穿上军装的新鲜劲儿，很快便被紧张艰苦的训练生活挤对得无影无踪。

转眼间，两年的军营生活过去了，衣服换了四五套，军装也慢慢穿出了味道。这时才明白，军装最美时并非是没被穿过的崭新之时，而是在它无数次被汗水浸泡，经过一遍遍洗涤，逐渐褪色变旧之时。同时，也对当新兵时，班长训斥时的那句口头禅"新兵蛋子，短裤还没穿破几条，就开始不听话了"有了别样的领悟和体味。

上军校那会儿，正好遇到部队将原来校官以上干部才有的"马裤呢"冬常服配发至尉官。我穿着笔挺、帅气的"马裤呢"回家探亲，更是须奂不舍得脱下，走亲访友都穿着，肩上红艳艳的学员肩章更是惹人眼。军校毕业到老连队后，我除了将成色较新的几套士兵常服送给排里战士们外，还专门把那套从新兵起就跟随着我、早已洗得泛白的冬常服压在了箱底。那可是自己整个士兵青春的最好见证，我必须好好珍藏起来。时至今日，虽已转业多年且搬家多次，我的大檐军帽依然陈列在衣橱里，偶尔也会拿出来端详一番，甚至戴一会儿过过瘾。

在接下来几年的军营生活里，我军的服装又有了长足的进步和发展。在原来相对美观、完善的"87式"服装的基础上，先后增发了迷彩做训服、体能训练服，换发了夏常服，还配有"易拉得"领带以及长袖和短袖衬衣。

铁打的营盘流水的兵。就在"97式"服装即将配发给部队的时候，我离开了部队，一直为未能穿上更加漂亮的服装而遗憾。令我欣慰的是，遗憾在侄儿的身上得以弥补，三个侄子相继接过我手中的钢枪。如今两个侄子仍在部队服役，一个已经是陆军中校。正可谓四代九人参军报国，爱国家风薪火相传。

还在读高中的儿子也对迷彩军服产生了浓厚的兴趣，并缠着让在部队的堂哥给他买了一套新款迷彩服。收到快递的当天，儿子便迫不及待地穿在身上……

前些日子，我和几个老战友相约重返老部队，看到战友们身着新式的军服，既亲切又陌生。据了解，在我离开部队十几年的时间里，几乎每隔两三年，部队服装就会悄然变化，样式和功能日益丰富，变得越来越美观，越来越舒适，越来越实用，越来越耐用，越来越与国际接轨。这既是我国军队正规化建设发展变化的一个缩影，也是国家综合国力日益提升的具体体现。

曾国藩曾语：一个家族要长久兴旺，靠权力、靠财富都难，但良好的家风可以。在我家中，四代九人参军报国，既是忠贞不变的爱国情怀，也是代代相传的优良家风。

老舅，走好

老舅，我这样称呼您，不知对您是否敬重？您在世时，我从来没有这样称呼过您。现在之所以这样称呼您，原因有两个，一是您去世时已经84岁，属于高龄，可称得上老；二是您在五个兄弟中排行老小，在东北方言里，小即老，主要是听起来亲切，不知您是否乐于接受？

听到您去世的消息，我没有特别的悲伤，不是我对您冷漠或者说感情淡薄。主要是因为就在您去世的前一周，我还和母亲提起您的身体状况，当时我们就有一种预感。谁知您真的走了，走得这样匆忙，还没有来得及与亲人告别。我们认为这种方式对您来说也许是一种解脱。

一位80多岁的老人，经历了太多的风风雨雨，超出了常人的付出，所有艰难困苦都是您自己扛过来的，时时都在为别人着想，因此没有更多的理由让您忍受病痛的折磨，因为您患偏瘫已好几年了，生活不能自理。当我得知消息的一刹那，就感慨老天为什么不能眷顾您这个勤劳善良又勇敢仗义的老人呢？

在我的记忆里，您一直忙忙碌碌，终日不得消停，尤其是低头扫地的样子，深深地烙印在我的脑海里。逢年过节我都去看望您。与其说是看您，不如说是给您添麻烦。每次都是住上几天，每次您都让妗子将最好的菜肴做给我吃。当时我最爱吃的是红烧野兔肉。那时生活条件艰苦，您为了改善生活，又拿起放下多年的猎枪，去打野兔。

  冬季农闲正是外出捕猎的好时节。记得有一年的春节，一场大雪仿佛将整个世界覆盖。您背上猎枪，整装待发时我忽然提出也要跟着一起去的要求，您当时就拒绝了。我却不答应立刻哭闹起来，年幼的我哪里知道自己是累赘，而且很危险。后来，在我的一再央求下，您还是答应了我。

  上路了，厚厚的积雪使我多次跌倒，您看在眼里疼在心里，干脆背起我，将猎枪拿在手中，跟跟跄跄地前行，有几次险些摔倒……我目睹了您打野兔的情景。发现目标，您泰然自若地端起猎枪，追寻目标，屏住呼吸，扣动扳机，"砰"的一声枪响，划破寂静的上空，野兔应声倒地，空气中弥漫着淡淡的火药味。年幼的我见此情景欢呼跳跃着，只是觉得好玩。现在看来您是何等专业、有经验的捕猎高手。

  在我的心目中，您一直是一个和蔼可亲又性格刚毅的老人，很喜欢孩子，更疼爱孩子。有一次您却发了火，冲着我大吼："你不要命了！"走到我跟前，举起的巴掌又停在了半空中，一副凶神恶煞的样子。原来是我偷偷地摆弄了您的猎枪——枪里早已装好火药。年幼的我根本没有意识到危险，不但不理解您的心境，还觉得很委屈，觉得您不应该那样对我。

  您一生特别爱干净，用母亲的话说，不能见身上有个水印儿。您每天一大早起床后，便开始打扫院子内的卫生，地面干净得可以看见人影，扫完院子还得扫大马路。长年累月，您竟然将门前的马路扫掉了一层皮，地面凹下去像个小水渠。晚年您的背驼得已经很厉害了，仍然每天坚持不懈地打扫卫生。您每次劳动后如不洗刷一遍，是不会吃饭的。这一习惯的养成与您十几年的军旅生涯是分不开的。

老舅，您在世时，很少向我讲述您的过去，我只是从母亲口中听到了一点儿关于您的往事和曾经的辉煌。直到追悼会上，我才得知您的戎马生涯，战功赫赫——16岁便参加革命，先后参加了抗日战争和解放战争，其间共参加大小战斗37次，其中比较著名的战役有平型关战役、济南战役、淮海战役。值得骄傲的是，您参加这么多次战斗，或为战士，或为班长，或为排长，或为连长，每次战斗都冲锋在前线，竟然没有一次负伤，这不能不说是个奇迹。

老舅，您在国家最危难的时候无私奉献出最美好的青春，却从未向组织提出任何要求，而且积极响应国家的号召，主动提出解甲归田，党组织批准了您的请求。您回家后结婚生子，将5个儿女哺育成人。您不但是好丈夫、好父亲，而且是尊老、敬老、养老、爱老的模范，是远近闻名的孝子。

老舅，您的一生既无愧于党和人民，又无愧于家人和亲朋，可以说是比较完美的。

在这里我想说一句：老舅，您一路走好！

第四辑　邻人

一群人在围观池塘旁边那棵正在被木匠砍伐的大柳树。正在大家谈笑风生间大树轰然倒塌，谁知树上瞬间飞出很多马蜂，大家见此情景纷纷抱头鼠窜，由于我年幼腿短跑得慢，结果一只马蜂钻进了开裆裤里，疼得我嗷嗷叫，于是当场把裤子脱了下来……

袁庄：忠烈之村

袁庄是一个自然村，常住人口有四五百人。像这样的村子在中国有很多，具体的数字我在互联网上也没有查到。正是这个名不见经传的小村子，在抗战爆发后，先后有16位热血青年，在当时湖西区委、丰县县委和袁庄村党支部的领导下，义无反顾地投身到抗日救亡和民族解放战争中去。他们不畏艰难险阻，赴汤蹈火，浴血奋战，其中有8位英雄用生命捍卫了民族尊严，血染沙场，长眠在这块红色的土地上，献出了宝贵的年轻生命。他们誓死保家卫国的壮举充分彰显了腥风血雨时期根据地人民的铮铮铁骨和英雄气概，年龄最大的44岁，最小的仅16岁。他们被载入史册（按照辈分顺序）：袁锡玖、袁锡宝、袁锡章、袁汝翠、袁汝运、袁汝喜、袁汝义、袁正谭。让我们一起缅怀先烈，下面是先烈的简介（以牺牲时间为序，由于年代久远且史料记载较少，只是据老人的回忆整理，文字与事实难免有出入）。

袁锡玖，1920年出生，1938年参加革命，共产党员。1942年秋，在丰县和事楼对日作战中壮烈牺牲，时任新四军黄河支队排长，年仅22岁。

袁汝义，1920年出生，1940年参加革命，任丰县县大队交通员。1942年在丰县宋楼被捕，被国民党反动派残酷杀害于宋楼六座楼村，年仅22岁。

袁汝喜，1914年出生，1942年参加革命，共产党员，任丰县公安局股长。1942年2月在首羡刘老庄被捕，被国民党反动派残酷杀害于丰县北关，年仅28岁。

袁正谭，1926年出生，1944年2月参加革命，不几日便在首羡小孙庄村被国民党反动派残酷杀害，年仅18岁。

袁汝翠，1921年出生，1940年参加革命，共产党员，字子轩。1945年11月在丰县宋楼被捕，时任湖西区抗联主任，被国民党残酷杀害于宋楼王岗集村，年仅24岁。

袁锡宝，1915年出生，1940年参加革命，共产党员。1947年9月在山东金乡县被捕，时任丰县情报站站长，被国民党残酷杀害于丰县赵庄袁集村，时年32岁。

袁汝运，1904年出生，1936年参加革命，共产党员。1948年在首羡李药铺村被捕，时任袁庄村党支部书记，被国民党残酷杀害于丰县赵庄袁集村，时年44岁。

袁锡章，1932年出生，1945年参加革命，1948年9月被捕，被国民党残酷杀害于丰县凤鸣塔，年仅16岁。

这8位先烈用自己的血肉之躯，谱写了一曲气壮山河的英雄之歌，彰显了民族气节大于天的英雄本色！他们舍家为国、舍生取义、大义凛然、视死如归的献身精神，影响着一代代袁庄人前赴后继，勇往直前。新中国成立后，从袁庄村走出一大批在各级党政机关、部队、科研院所等战线上竭尽全力奉献国家的有用之才；改革开放以后更多志存高远的青年才俊，秉承先辈英烈遗风，奉献社会、造福桑梓，成为袁庄以及湖西老区人民的骄傲。

如今，这片洒满英雄鲜血的土地上，万象更新，繁荣昌盛。人们在奔向和谐幸福的康庄大道上，并没有忘记当年在这里抛头颅、洒热血的先烈们。2011年清明节前夕，在丰县县委、县政府的大力支持下，在首羡镇党委、政府的帮助下，在烈士后人、离退休老同志及乡邻的慷慨解囊下，袁庄八烈士英雄纪念碑落成，并成为首羡镇爱国主义教育基地。此举旨在弘扬仁人志士的精神，激发后人干事创业的热情。

英明永垂、功照日月。历史不会忘记他们，国家不会忘记他们，人民不会忘记他们，老家的乡亲更不会忘记他们。

正是：

国破家亡危难时，袁庄志士赴疆场。

舍生忘死民族魂，保家卫国斩豺狼。

出生入死何所惧，甘洒热血悲歌壮。

血雨腥风沧海泪，可歌可泣为国殇。

英雄远去精神在，熠熠生辉永弘扬。

先烈遗志须继承，晚辈传递接力棒。

励精图治中国梦，告慰英灵谱华章。

九泉长眠在天灵，功垂千秋浩气长。

早亡的人

生是偶然的，死却是必然。

老家是远近闻名的长寿村，去世的老人大多80多岁，超过90岁的也不罕见。我奶奶驾鹤西游时96岁。但是，早亡的人也有很多——非正常死亡的人都算是早亡的人吧。他们有的甚至仓促得来不及看清灾难的面目，来不及做一丝挣扎，来不及发出一声呼喊，转眼成空，归于尘埃。

记忆里老家有十几人早亡，有的一家三口都没有幸免。他们大多是青壮年人，有的死于疾病，有的死于交通事故，有的死于家庭纠纷……还有永远长不大的孩子。他们与上述的成年人不同，因为有的成年人是主动去寻找死神，而他们是死神主动找上门，且面对死神无能为力。他们有的被淹死，有的被烧死，有的患疾病，天灾人祸都会威胁到年幼的生命。他们正如栽下的每一棵小树，不是个个都可以长大成材的。

每次老家的哥哥来我这里看父母，都会带来一些不幸的消息。尤其是听到早亡的消息，我总为其生命的脆弱和短暂感到深深的悲哀和惋惜。想想看，与那些早亡的人相比，活着就是一种幸福。

生命的终结有无数种形式，不论哪一种都是一场彻底的灾难。死去的人已然不能复生，活着的人必须好好走完自己的人生路。

其实，在世间的旅途中，每个人都是过客。不过，有的生命极为短促、脆弱、令人扼腕；有的显得拖沓，让人厌烦。我认为，一个生命，不管是伟大还是渺小，美丽还是丑陋，贫穷还是富有……人生都离不开两个点：第一个是母亲的肚子，叫起点；第二个是停止呼吸的时候，叫终点或归宿。

从起点到终点的路程，有长有短。起点我们没有记忆也无法选择，终点也难以预测，只有路途是可以真真切切地感受到，且能够由自己主宰的。

我常想，如果上帝能给予人两次生命，那么人世间一定会少一些冷漠、纷争、怨恨和遗憾，多一些关爱、淡泊、宽容和完美。当然这是不可能的。既然是唯一一次生命，那就要珍惜拥有，活好当下。争取在有生之年能做好一两件自己喜欢的、能体现生命价值的事情，在人间留下一些痕迹，哪怕只是一点点，也是活在这个世界上的价值，这样也就足够了。正如托尔斯泰所言："人生的价值并不是用时间，而是用深度去衡量的。"因此，我们每个人千万不要白白浪费了在人世的时间，尽量不让生命苍白而空洞。

两位小学老师

在我 10 余年的求学生涯中,传授给我知识的老师有很多,唯有两位小学老师的印象深深地烙印在我的心田。虽时过近 40 年,至今记忆犹新。

先说我的语文启蒙老师袁运超。他高中毕业后就成为民办教师,在自己的村庄小学代课。他与我是近邻,而且是我本家大哥。那时的小学是复式教学,即一个教室里有两个年级,所有的课程都由一个老师教授。学生也都是本村的孩子,一个年级最多 20 来个学生。老师由于分身乏术,只好分开来授课。一年级与二年级滚动循环招生,于是,我从一年级上到二年级都是在同一间教室里学习,都是袁老师一个人教课。

袁老师的语文功底很好,对学生非常严格。因此,我的汉语拼音学得很好,每次默写都是高分。袁老师为了激励我们的学习热情,自费购买了一些田字格本和上海牌铅笔、橡皮之类的小奖品,经常奖励给成绩优异者。作为一名代课教师,那时工资低得可怜,他能够从微薄的工资里拿出钱来买些奖品实属不易。

那时的黑板是用木头做成的，将几块木板组合拼接起来，正面刷上厚厚的黑油漆，背面用两根木棍固定起来，两根棍子成了黑板的腿，然后斜着靠在墙上，就成了讲台。为了增加黑板的稳定性，还要在木板的下方大约30厘米处，加固一根木头横梁，两头固定在黑板的腿上。

袁老师的教杆如小指头般粗细，匀称直溜，白亮光滑。袁老师用教杆敲击着黑板发出清脆的声响，一屋子童声奶声奶气地响起"a、o、e……"或者"上、中、下……"他用教杆打着节奏，浑身颤动着，手挥教杆的姿势显得很优雅，甚至有些乐队指挥的味道。全班同学的声音随着教杆的牵引，开合收放，高低抑扬。

在袁老师的指导下，班里的平均成绩在片区一直名列前茅。

上三年级时我离开了袁老师，转学到了后屯初级联办中学读书。这个中学规模较大，既有小学高年级3～5年级（当时没有6年级），又有初一至初三年级，合计起来有几十个班级，距离我的村庄大约1000米。学校方圆五六里的村子里的学生都要到那里上课。我在那里读了6年书，其中教我四年级的数学老师——费清永，同样给我留下了深刻的印象。

费老师的村子与我的村子毗邻，他每次回家都要穿过我的村子，还会从我家门口的那条路上经过。他总是骑着一辆破旧的自行车，车把上常年挂着一只略显破旧的黑色提包。我知道他除了担任四年级的数学老师外，还负责管理学校的后勤。

费老师上课非常认真，每次板书都是工工整整，粉笔字很漂亮。所以他对我们的作业要求也很高，如发现潦草就会被撕掉重写，即使全做对。如果他看上去满意了，就会在批改的末尾落款处，写上一个大大的"优"字。费老师除了布置教科书上的作业外，还给我们布置很多拓展训练题目，即所谓的课外作业，大多是以试卷的形式印发给大家。那时候还没有计算机和打印机，打印试卷需要将蜡纸放在钢板上刻写，然后再放到油墨复印机上，来回推拉才可以印出试卷，整个过程非常复杂。为了不影响我们的练习，他常常加班加点。他常说"马无夜草不肥"。我想，同学们这样多做练习也等于马吃夜草吧。这句话通俗易懂，也提高了同学们的认识和学习积极性。每学期的期中或期末考试，我所在班级的数学平均成绩总在全乡前三名。

费老师很注重课堂教学效果，尤其是每年的春天和秋天，同学们上课的时候容易打瞌睡。他见到有的同学精神不振，便立刻停下来，不是大声训斥而是开始讲故事。他常说的一句话就是"话说有一天……"，也正是从那个时候，同学们听他讲述了《封神演义》《三国演义》《西游记》《水浒传》等名著里很多有趣的、惊险的、难忘的故事。他每次选取一个精彩小片段，解说大约5分钟。正当大家听得津津有味之时，他却戛然而止，说一句"欲知后事如何，且听下回分解"，便又转入正题，继续讲课。

费老师的口号是不让一个学生掉队。正是由于他的这一教学理念，我所在班级的50余名同学的数学成绩基本是均匀的，最高分和最低分相差也不过二三十分。他喜欢用课堂激励法，即在课堂上抽出几分钟时间，在大家没有丝毫准备的情况下，突然叫上两名同学拿着教科书走到讲台上的黑板前，然后指定书上某页的某一个题目，这样的题目大多是事先没有做过的。两位同学现场审题做题，这时候他像裁判一样在旁边观摩，其他同学既可以观战，也可以试着做题。等到结束时，一看做题速度，二看正确率。那两位同学平时的成绩就有些小差距，通过这种方法，让他们看见彼此之间的差距。此方法使大家有危机感，都不敢懈怠，刻苦学习、奋发努力。

令人惋惜的是，辛勤耕耘了大半辈子的费老师光荣退休后不久因病医治无效去世了，没有得以安享晚年。每每想起，我心里便不是滋味。

邮递员老徐

前几天回老家探亲,我与哥哥在镇上超市里买东西时,只见一个中年人与我哥哥点头打了声招呼便擦肩而过,我好奇地问那人是谁。哥哥说你还记得那个邮递员老徐吗?那人是他的儿子。此时,我的脑海里又浮现出邮递员老徐的身影。老徐现在是否还健在,我不得而知,因为我们毕竟 30 年没有见面了。我真的好想再听听他的大嗓门和急促的自行车铃声。我虽然与老徐相识,但也没有多少真正的交往。那时我只是一个学生,他是公社邮政所的邮递员。当年的邮递员都是吃计划粮领工资的,那样的职业让人羡慕不已。

从我有记忆起,老徐就负责给我们村送信,因此与村里很多人熟悉。我真正与老徐交往还是在我哥哥参军以后。那是改革开放的前一年。哥哥到了部队后,隔三岔五就会寄来信,因此老徐也就成了我家的常客,我也似乎突然间与老徐熟悉了起来。有时我在家门口玩耍,老徐见到我就会说你哥来信了拿回家吧。我接过信很兴奋,飞奔着跑回家交给父亲,父亲赶紧拆开来阅读。我成了老徐的二传手,扮演了小邮递员的角色。如果老徐在大门外见不到我家的人而恰巧大门又开着，他就会直接将自行车骑到我家院子里，还不忘吆喝着"来信了"。下车后自然少不了一番寒暄，我们让他喝茶或者吃饭。老徐要么说不渴，要么说不了不了，还有任务没完成呢，说着便跨上自行车飞奔而去。见此情景，年幼的我非常羡慕老徐的车技，更羡慕老徐的工作，曾梦想长大也能像老徐一样，整天骑着自行车到处兜风，还能领工资。

老徐一年四季都穿着绿色的邮政制服。夏天上身穿着"的确良"布料的短袖白衬衣，后来好像还经常戴着大檐帽，只是看上去有些歪斜。也许是长期风吹日晒的原因，老徐皮肤较黑，但两只眼睛很有神，看上去很威风。他骑一辆绿色的自行车，后座两边搭着两只绿色帆布包，里面装着大队、生产队的报纸；自行车的大梁上是绿色车兜子，里面装着私人的信件、电报、挂号信、汇款单、包裹单等。报纸杂志是直接送到大队部、生产队长或者会计家里，信件类则要送到收件人家里。

也许是职业使然，老徐进村庄后喜欢按响自行车上的铃铛。那个闪着银光的铃铛特别响，方圆几百米都可以听得到。那时自行车还没有普及，所以铃声听起来显得很稀罕。按上一阵后，他便大声叫喊收信人的名字。如此大的动静除了将收信人召唤来，还引得附近的狗汪汪大叫，甚至有的狗追着老徐的自行车跑。老徐带着得意的神情迅速将两条腿抬起来放到车把上，这样狗只好望"腿"兴叹，追上二三十米后看着老徐渐行渐远的背影便悻悻而返。如有人接应，老徐便飞身下车，将自行车停稳后，找到信件双手递交到收信人手中，一副郑重其事的样子。

有一次，我听到他呼叫邻居的名字却没有人应答，于是主动要求代为转交。老徐看了看我说，万一丢失了咋办，还是我下次亲自交给他吧。有时需要接收人签字，而恰巧接收人又不会写字，老徐便说我替你签吧。说着便从上衣口袋里掏出一支钢笔，有模有样地写上自己的大名，并在后面写上一个"代"字。通常电报都是比较急的事情。主人不认识字，老徐怕耽误事，便会主动介绍一下电报的内容。如果是喜事，老徐就会大声将原文读出来给主人听；如果是不幸的事，老徐就会很委婉地说几句安慰的话，便快速离开。

后来，我到乡里读中学，与老徐见面的机会便少了。高二那年暑假，我在家门口又遇见老徐，寒暄了几句。当他得知我已经读高二时，便又滔滔不绝起来，他说还是读书有出息，你要好好学习，争取明年我给你送大学录取通知书，接着一口气说出了附近几个村子的学生名字，某某考取了某某大学。老徐的话对于我来说是激励、鼓舞，更是鞭策。后来有几次我在梦中竟然接到了老徐给我送来的大学录取通知书。

然而，我在读高三的下学期时又改变了主意，毅然决然要参军，结果如愿以偿。老徐没有为我送上大学录取通知书，却给我送来了入伍通知书。那天他将入伍通知书递到我的手中时似乎有些惊讶，欲言又止后还是开了口：好男儿志在四方，军队是个大熔炉，只要好好干一样会有出息。

老徐从此又开始为我送信了，也不知他一直送到什么时候。据说后来老徐的儿子接替了他的工作。

在我的人生当中，接触到很多人，但给我留下深刻印象的人并不算多，在有限的人当中，包括老徐。因为老徐身上有很多闪光点，对我影响至深，令我终生难忘。

同龄人

我出生在20世纪70年代初期,用当下时尚的说法可以简称为"70后"。

70年代是不平凡的,那个年代在和平时期却是多灾多难的。尤其是1976年,既是一个时代的结束,又是一个时代的开始。那年我还没有上学,是新中国成立以来人民最悲痛的一年。三位共和国的缔造者、开国元勋相继逝世;河北唐山、丰南一带突然发生7.8级强烈地震,唐山成为一片废墟,几十万鲜活的生命瞬间消逝,真可谓巨星陨落,大地震动。

也是在那个年代,我国成功发射了第一颗人造卫星;中美建立外交关系;国家恢复高考,高等学校招生实行统一考试;十一届三中全会召开……

那个年代出生的我们,虽在改革开放、解放思想的号角中成长,但仍被铁饭碗所吸引。在老家人看来,农村的孩子似乎只有跳出农门才算有出息。命运是否改变,关键还是看户籍是否由农业变成非农业。那时,如果农业户籍的女孩子能与非农业户籍的小伙子成婚,算是一件不小的新闻，大家认为女孩子有福气；反之，如果农业户籍的男孩子能与非农业户籍的姑娘成婚，则算是奇闻，更会成为大家议论的热点。非农业户籍的重要性由此可见一斑。

正是那样的大背景才导致了我们那一代人的悲哀。有的同学竟连续在初三年级复读了六七年，更多的同学还是没有如愿考上朝思暮想的中专（师）学校，但也复读了三四年，而且错过了读高中的机会，绝大多数都成了"牺牲品"。也许说得严重了，与他们相比，我采取了"曲线救国"的方法，改变了命运。否则，也有可能同他们一样厮守田园。

与我一起成长的同村孩子有十几个，其中男孩子居多，年龄相差也不过一两岁，一起光着屁股玩耍成长，一起在那几间简陋的教室里读完小学低年级。那时是复式教学，即一年级和二年级或三年级在一个教室里上课。那样的教学条件和教学质量可想而知，毫不夸张地说，多少影响了我们以后的学业和成长。好在后来经过各自的努力，都建立了自己的小家庭，一部分人也有了自己的事业，苦心经营着自己的人生。

女孩子也有七八人，有时候也在一起玩耍。有的还是同班同学，不过她们陆陆续续中途辍学，有的只读完小学，读完初中的居多，只有一两个读完高中，没有人接受过更高等的教育。

我们同在蓝天下成长。男大当婚，女大当嫁。等女孩子到了要出嫁的年龄，家里便会招来长嘴的媒婆，媒婆就会将她们一个个说出去。有的是一见钟情，有的则要好事多磨。总之，女孩子占有主动权。等到出嫁的良辰吉日，在唢呐与鞭炮声中，女孩子穿着大红的衣服嫁到了婆家。

她们在娘家经过青春好年华，然后到一个陌生的村子里重新开始生活，毕竟生活了20多年，现在一下子离开亲人，心里真有些不舍。如今她们都已为人妻为人母，有的已经做了奶奶或外婆。我的老家就是她们的娘家，孩子的姥姥家。

我的那些男伙伴，不像女孩子们那样安分，而是通过各种渠道想尽各种办法纷纷离开老家。很少有人面朝黄土背朝天，在那片熟悉的土地上繁衍生息。

就这样，大家在不经意间彼此都长大了，各自有了自己的人生轨迹，各自有了自己成长的人生方向，从此再无交集，在光阴里走失，无处寻觅，只留在记忆里。

70年代的思想，70年代的叛逆，70年代的内敛，70年代的执着，这些曾经被奉为另类的性格，在如今这个充满个性的时代已经渺小到无足轻重了。70年代出生的人，在物质条件相对艰苦的情况下，拥有的精神生活却是丰富多彩的，也是美好的。颇具时代特色的精神文化生活将深深地烙印在记忆里。

风在天际，云涌大潮，太阳在上，先辈在上，每一代青年都有自己的光荣与梦想，也有自己的痛苦与迷茫。记得儿时读北岛的《一切》，除了对文字感动外，对诗的内涵不甚理解，今天再读，觉得只有它，才能为当年画上一个句号：

一切都是命运

一切都是烟云

一切都是没有结局的开始

一切都是稍纵即逝的追寻

……

路荒·心荒

难得回一趟老家，自然免不了要走亲戚。看望小姨是首要任务，于是骑着自行车上路了。小姨已是耄耋老人，背驼得厉害。小姨曾经给年幼的我缝过裤裆，让我记忆深刻。那是我去她家的时候，她发现我的棉裤开缝了，让我趴在那里撅起屁股，还让我嘴里叼个东西，大意说是缝裤裆遭人烦……去小姨家的路上，走着走着就没有路可走了，灌木丛挡住了去路。在我的印象中，以前这里分明是一条很平坦的道路，两旁长满了庄稼，夏季的农作物纷纷昂首挺胸，肆无忌惮地疯长，尤其是高粱、玉米一股劲儿长到两米多高……可是现在那条路没有了，眺望四周，真有些茫然不知所措。

我将这一经历告诉了父亲。"何止是那条路，很多路都荒了。还记得小时候经常带你去赶集的那条路吗？现在已被县乡公路切断了，两旁还种植了很多的杨树。去你姥姥家的那条路当年多宽呀！并排能走三四辆平板车，如今连一辆自行车都难以通行。"父亲说这些话时似乎很平静。

父亲说的那些路，儿时我都走过无数次，无论是徒步还是骑车，在这些路上曾洒下了不知多少童年和少年的欢声笑语。如今，这些路都在逐渐消失。我的记忆也因此模糊起来。父亲深深叹息说："你再不多回来几次，就什么也看不到了。"父亲的话似乎寓意深刻，看不到的又何止是路呢？还有曾经生活了多少代人的村庄、生育养育我的这片土地、我的亲人……

我还专门探望了原来的老邻居狗旺叔。原先他家与我家仅一墙之隔，邻里关系融洽。记得两家人经常从低矮的墙头上传递物品，大到农耕工具小到缝衣针线。在物质匮乏的年代，谁家做点儿好吃的就会送过去分享，小时候我在他家里吃饭也是常有的事。老院如今已是破烂不堪，现在他帮着儿子看家，好几年不住老院子了，儿子的家在村子外围。

眼前的狗旺叔让我感到有些陌生，甚至不敢相信他就是曾经闻名全村的大力士；稀疏的白发杂乱无章，面目消瘦，满脸褶子，没有任何表情，身子佝偻；黝黑的小腿上仿佛爬了几条"蚯蚓"，那是严重的静脉曲张所致；说话时只能看到几颗黑黄的牙齿，一双老手如树皮般干枯粗糙，一副弱不禁风的样子。他接过我的香烟，拿在手里反复掂量着连声说："好烟、好烟。"我帮他点燃后，他用手捂住已经不兜风的嘴巴，生怕走漏一点儿烟气。

经过交流得知，他面朝黄土背朝天辛辛苦苦地劳作了一辈子，省吃俭用也只是为儿子盖起了一座二层小楼房，还欠下一屁股债。谁知儿子结婚没几年便外出打工去了，一年到头也不回来一趟，有时过年因车票紧张也就不回来了。"你看看这满囤的粮食没人吃，都让老鼠给糟蹋了。"狗旺叔接着说，"过去庄稼人哪里能离开地呀，养家糊口过日子全靠种地，不能见到有一点儿空地，只要有地都争着抢着去种庄稼，甚至会打架，就是怕饿着了。如今变了，不再靠种地为生，有很多人家不愿意种地，常年闲着，这样下去，田地也要慢慢荒了……"狗旺叔说这些话时眉头紧锁，满眼的浑浊，作为乡村留守者的一个缩影，眼睛里充满迷茫、困惑、孤独、焦灼、无奈和不安。

　　走遍整个村庄,虽然不乏二层小楼房,但室内大多是空荡荡的,更多的是残垣断壁,老一些的房屋已经坍塌,院内杂草丛生,七零八落。路的旁边堆着各种各样的垃圾:塑料纸、破布片、烂箩筐、胶鞋底……家禽牲畜几乎绝迹,静得可怕。只有几只鸡在那里悠然地觅食,神情似乎很淡定。偶尔会有谁家热情的小狗出来朝着我汪汪地叫上几声,似乎给我这个游子打招呼。陌生的面孔有很多,正如贺知章在《回乡偶书》中所描述:"儿童相见不相识,笑问客从何处来。"他们哪里知道,这里曾经是我儿时的乐园,是我的"根"。鸡犬相闻、夜不闭户、路不拾遗的生活他们未曾经历过。

　　村子里显得冷冷清清,留守田园的多是老人和孩子。留守是他们的宿命。乡村好像一个大本营,青壮年们从这里出发远征,留下了行动不便的老弱妇孺。他们在这块熟悉的土地上日复一日、年复一年,播洒着汗水,品尝着艰辛和简单的幸福。他们艰难地维系着一个村庄微弱的脉搏,给游子珍存着一份念想……

　　我还听到前不久村子里发生的一个真实故事。

　　女孩子的父母外出打工,爷爷奶奶自然成为其监护人。孩子正是情窦初开的年龄,在距离村庄较远的一所初中读书,谁知和一位男同学好上了,初始还像地下工作者,渐渐地便明目张胆起来。她成绩原本很优异,由于一心二用,导致成绩下滑。没有文化知识的爷爷奶奶并不知情,班主任老师便将这一情况告诉了孩子的家人,老人闻讯很"上火",并与在外打工的孩子父母取得联系,最终商定措施——严加看管,爷爷奶奶要24小时跟踪孩子。俗话说物极必反,小女孩儿和小男孩儿干脆私奔了,手机一直处于关机状态,发送信息也是杳无音信。此举让孩子的家人慌了手脚,赶紧发动亲戚邻居寻找。外面的世界这么大,又不知道方向,无异于大海捞针。尽管如此,也不敢懈怠,派人24小时在车站守候。经多方打探得知，两个孩子在县城的某小酒馆打工。他们赶紧去找，结果还是扑了空。原来他们是被老板娘赶走的，因为嫌他俩不会干活。

后来他们又开始将目标放在网吧、游戏厅里。在出走的时间里，女孩儿的QQ偶尔上线，所以接纳未成年人的黑网吧也成为重要目标之一。

还有就是通过他们的学姐学长、本村邻村认识的校友寻找下落。那些跟他俩年龄相仿的孩子，多在县城名为"××中专""××技校"的地方读书，或者说学习一点技能，或者干脆是家长让学校帮着看孩子。

也许是大家的举动感动了上苍，也许是小女孩儿良心发现，回复了一个信息。当大家得知她还在县城的某个地方时便蜂拥而至。此时的两个孩子正在小广场上闲逛。他们面对几天来不眠不休的"亲友团"，没有羞愧、欣喜、气愤等任何情绪波动，有的只是木讷和冷漠。亲人们却围着孩子泣不成声……

我听完这个故事怅然若失。

暮色中，我看着浑然一体的田野和村庄，心里突然涌上一种莫名的孤独。那些曾经非常漂亮的庄稼地如今已变得不再光鲜。原本完全可以自给自足的菜园如今已不再琳琅满目、品种繁多，只有很少的一两样菜品，既不青葱，又不苗壮，没精打采地生长着。看得出种菜人要么是心不在焉，要么是力不从心。这一点点枯草之中的绿色，与其说是土地对传统农业的苦苦挽留，不如说是对人类逃离的最后抗争。

夜缓慢地深了起来。田野如梦，灯火稀疏，村庄安宁。乡村原本是生命的源头，可惜的是，现在这个源头正被抛弃。年复一年，人们持续不断地逃离乡村，就像蚕蛹逃离保护它们的茧壳。蛹出来了，茧壳空了。土地离农人越来越远，越来越远。长此以往，游子们不知还能否透过蒙眬的泪眼找到回家的路。即使人能回得去，心还是在异乡，因为道路荒了，村庄荒了，尤其是人心也荒了。

年轻人

春节刚过，热闹了没有几天的小村子又变得冷清下来，村子里的中青年人以各种名义走出去：求学、工作、做生意、打工……他们带着与家人亲热的余温，又开始了背井离乡的生活。他们大多上有老下有小，按理说老人小孩都离不开他们的照顾，可是他们不愿意固守田园。因为仅靠种田的收入，确实难以维持消费日益攀升的生活。外出似乎成了能够挣钱的唯一出路。

我曾经生活的村子有四五百人，壮劳力的平均年龄是四五十岁。现在在村子里务农的年轻人已经寥寥无几。据说，如今村子里死个人，出殡都很困难，主要是因为没有壮劳力抬棺材了，所以要出殡就要全村总动员，这样才能完成一个殡葬过程。

村子里的青年人之所以纷纷去外地，主要与大家的思想观念有关。家长们都会反复告诫孩子：好好读书，将来有出息了，就不用劳动了。当然，这里所说的劳动是狭义的，单指面朝黄土背朝天种田。家长们还会用实际行动来支持，除了不让孩子干农活，还想方设法做些好吃的鼓励孩子。总之，一门心思让孩子学习、学习、再学习。

近些年，家长们为了给孩子创造更优越的学习条件，尽可能让孩子到城镇、县城读书。目的就是鼓励子女走出自己的家园，哪怕小城镇、小县城也比村子里的条件好，尽可能跳出农门。

然而，成功的孩子毕竟是少数。这里说的成功是指能够在行政机关、事业单位或者国有大型企业就职，有一个相对稳定的工作和收入，或者说自己创业成为老板并有一定的经济实力。其实成功都是相对的。比如我那个年代，只要考取中专学校，毕业后就是国家干部，包就业，这就意味着有了铁饭碗，可以吃计划粮，农业户口可以转为非农业户口。这几个条件绝对会让很多的农人羡慕嫉妒恨。"80后"和"90后"就没那么幸运了，辛辛苦苦考上了大学，也未必就有好的工作，因为国家已经不再负责大中专毕业生的分配。靠读书改变命运的想法和说法，似乎显得越来越苍白无力。路在何方？成为老家孩子们的困惑与迷茫。读书无用论的想法和说法，似乎成为不争的事实。"看透"社会的部分家长显得更务实，并不支持孩子继续读高中乃至大学，干脆早点儿外出打工挣点儿钱，什么远大的理想，那都是空话，挣钱才是硬道理。

让孩子离开村子到城市里打工，做一只候鸟。只是这类候鸟由于在城市里待惯了，又有些水土不服，不再适应村子里的生活。虽然也往返奔波，但他们还是积聚力量想方设法留在工作地，总想离开这方贫瘠的土地。其实，外面的世界很精彩也很无奈。他们为了能够有个立身之地，不惜付出，苦、脏、累、危、毒、害等活儿都要干，为了能挣到那点儿微薄的血汗钱。

大部分家长还是尽可能让孩子多读书，哪怕上技工院校学个一技之长，也算有个混饭的本领。让孩子接受教育的情况大致分为三个层次：第一个层次是考取本科学历，第二个层次是考取三年制或五年制大专学历，第三个层次是直接就读中职学校或技工院校，成为所谓的职高生、中专生、技校生。殊不知，在这三个层次当中，虽然本科生层次最高，但是求职并不占优势，有的还不如一个第三个层次的毕业生好就业。

表哥的儿子明伟就是这样的例子。他属于"90后"。表哥在其儿子还没有大学毕业的时候就多次对我说，他儿子就业的事就交给我了，还特别强调最好找个"铁饭碗"或者"坐办公室"的岗位。我听后苦笑，不但没有勇气说可以包在我身上的大话，而且还多次解释说如今已经没有"铁饭碗"了，就连公务员都实行聘任制了。

家境优越的明伟却未能有我一样的幸运——通过努力，从乡下走进了城市，并有了相对稳定的工作和收入。其实所谓的家境优越，不过因为他是独生子，家中的宠爱全给了他。而在明伟看来，那点宠爱反而不如给了他巨大动力的贫寒，更能开辟未来。从他开始实习至毕业后的两三年时间里，我费了很大的劲，还是没有找到认为合适的岗位。好的企业不要他，一般的企业他又嫌待遇低不愿意去，更主要的是认为好不容易培养一个大学生，直接到车间当工人有些屈才。但是想进行政事业单位则是难上加难，因为那里凡进必考，更是千军万马挤独木桥。过去高考是这个样子，如今就业也是这个样子。这就是时代的变迁。

我这样的办事能力显然让表哥一家很失望。

如今的明伟依然处于半漂泊状态，宠爱他的父母亲朋也没有能力帮助他在县城找到一份"坐办公室"的工作。明伟原本以为，本科生在县城或者乡镇能够被人看得起，可他没有料到，现实比他想象的更为残酷。当我看到选拔村干部的消息时，便动员明伟去报名，并再三给他"洗脑"，大学生村干部很好，既是带薪工作，又可以在参加公务员考试或者事业单位招考时享受加分。也许是他接连碰壁的原因，原本不愿回农村的他接受了我的劝告。在报名的时候他发现自己这个"二本生"显然不占优势，"一本生"大有人在且不乏共产党员，而自己只是个共青团员。想起儿时年少气盛，他很瞧不起村干部，觉得他们目光短浅，没出息，整天在村子里转悠。如今自己想进入这个队伍恐怕还进不去,真的很尴尬,也很无奈。

笔试、面试的书看了不少,也下了不少的功夫,用第二个高考来形容也不为过,他还是没有被海选上。这一次又给了他沉重的打击。那天明伟给我发信息,大意是说,有时候更希望自己没有读过很多书,那样就能够安下心来,像父辈一样,闲时外出打工,农忙时回家收种庄稼。因为心放得很低,不会挑拣,只要能够挣钱,出力也不怕。而他外出读过几年书,长了见识,开阔了视野,接受过城市文明的浸染,领略过现代化的便捷,可以在网络里畅游世界,自己的心已经从乡下的泥土中拔出了一些。

我明白也理解他的心情和想法。尽管他还沾着些泥土,可是,那悬浮在空中看不到太远的未来又无法深入泥土的空茫,却比父辈们更为辛苦。他所学到的那点儿文化,让他的脸皮变得更薄,也更加不舍所谓的尊严。他被学历和周围人的期望束缚着,非要找一个"坐办公室"的体面工作不可。

像明伟这样生于乡村,读于城市,又很难在城市立足的"90后"大有人在。他们或许更像地里长着高高茎秆的瘪麦,以为有出人头地的骄傲,却因为结不出饱满的果实,而被农人早早连根拔起,被这片土地淘汰掉了。我倒是希望从乡村里拔出半截儿的"明伟"们,能够将根基重新扎回到泥土里去,继续务实地生活,早日开花结果。因为,乡土中国同样需要有知识的年轻人去建设。

村庄逸事（一）

我们村第一个被打成"反革命"的人是狗二（乳名）。那天，生产队组织社员们在田间集体锄地，天上飞过一架飞机，后面还拖着一溜儿青烟，大家很好奇，不约而同仰望，狗二忽然举起锄头，用锄柄对着飞机，做射击状，因此被打成了"现行反革命"。

村干部在社员大会上讲话，其实是照着纸上的文字念，其中一句"十月革命一声炮响"的"响"字，正好转入下页，该干部由于紧张翻页时把纸黏住了，停顿良久，听众议论纷纷——"准是臭了"，结果村干部翻过一页，大喝："响！"社员中顿时响起热烈的掌声。

四大爷在族里德高望重，每逢左邻右舍的亲戚家里有丧事，必率众前往祭拜。那天去邻村大祭，恰逢隆冬，他穿着高裆老式棉裤，为了体面又多穿了一条单裤罩在外面，然后用一根简易的布腰带束着。由于多次蹲起，外面的单裤滑落半截儿到屁股下边，他浑然不觉，依然在认真施礼。在其后面的侄媳妇看不过了,也不好上前帮助,只好将正在哭喊的内容改为:"四大爷你的裤子掉啦!"

二牛(乳名)视牛如亲,爱牛如命,家里养了一头公牛,十余年相安无事。一日,正在田间耕作时,牛忽然狂奔起来,发疯似的朝着二牛撞去,二牛当场昏厥,经抢救还是没有醒来。乡亲们议论说,他俩都叫牛,为啥还有那么大的仇?

三奶奶早年丧夫,那时人们的观念还比较保守,所以也就没有再改嫁,是她自己一把屎一把尿把宝贝儿子拉扯大,故袒护儿子疼爱儿子,生怕儿子受媳妇的气。于是养成了听墙根的习惯,只要儿媳语言稍有不逊,第二天就会被她训斥甚至责骂。对此,左邻右舍分析认为,主要是因为她年轻时守寡造成的。

二瘸子性子特别倔。有一天,他挑着两担刚刚收割下来的麦穗往家里走。忽然起风了,担子被吹得歪歪斜斜,还险些摔倒。他把担子一扔,抄起扁担,狠狠地朝一捆麦穗抽去,打得麦子满地都是,而后,气哼哼地独自走了。

村里的孩子们都讨厌蛇,怕它伤到人,几乎每次见到都会吆喝着把它打死,并把它身体断成两截,头和尾分开丢弃。因为老辈人说,蛇自己会接上复活。

三立家里有一台橘子洲牌晶体管收音机,一块砖头大小,他所学的很多知识都来源于它,所以在同龄人当中他比我们懂得多。有一天,听完一个节目,他便在村子里狂奔,逢人就说:"你知道吗?'四人帮'被打倒了!"

村子里有个傻女,比我大几岁,喜欢唱歌,她似乎只会唱一句歌词"东方红,太阳升……",后来,傻女被家人送到很远的外地,嫁给了一个老光棍。从此就没见她回娘家。村里人说,听不到傻女唱歌似乎少了些什么。

有一年回乡探亲,看到文盲老光棍留勤(乳名),坐在自己家门口哭哭啼啼,仿佛受了很大的委屈。我问他为啥哭。他说:"俺不孝顺。人家跟我差不多大的早都娶了媳妇,生了孩子,俺娘却没这个福气。因为不孝有三,无后为大呀!"

每到过年,总会有人因放鞭炮而受伤。不过那次我的发小二勇伤得最离奇:他大年初一在自家院子里放鞭炮,等到鞭炮都放完了,他看到地上还有几个哑炮,觉得浪费可惜,于是想捡起来剥开再放。出于小心,他先用脚在炮上踩了踩,认为很安全了,便伸手捡起来,谁知刚捡到手中一个,那炮竟然砰的一声在他手心里炸开了……

狗蛋(乳名)是村子里第一批万元户,大队干部请他作为致富代表上台发言,介绍自己的致富经验。他第一次面对扩音器,激动得满脸通红说:"大家一定要少生孩子多种树……更主要的是党的富民政策好呀!要不是这样,俺咋能在这喷雾器里说话。"

谁家如果丢了东西往往会在村子里先吆喝几圈,旨在告知大家,失主已经发觉东西少了,并约定归还期限。如果捡到了或当时财迷心窍偷拿了,在规定的期限里偷偷归还也就平安无事了。否则,就开始骂街了,有时会一连骂上好几天，甚至会指桑骂槐。原本不和睦的两家，也因此再次交火。

有一次，妇女甲的麦秸垛不知被谁偷去了不少，这对于原本就生活拮据的她家来说，也算是不小的损失，于是她开始骂街："哪个坏种把俺家的麦秸偷走了，你偷走干啥呢，是你搂着我，还是我搂着你，在麦秸上睡觉。"这次骂街不但没有让村里人觉得刺耳反而感觉很新鲜。

还有更奇葩的骂街。盛夏夜晚，妇女乙在院子里乘凉时睡着了，熟睡中感觉有人想占她的便宜，以为是自己外出的丈夫回来了……谁知刚结束，她才反应过来，占便宜的人已逃掉了。翌日，妇女乙开始为此骂街："昨天晚上谁占了我的便宜，有种快站出来承认，如不站出来，我骂早来（很长时间）。"

村庄逸事（二）

　　大喜虽然相了不少亲，但一直没成。主要还是他说话没有谱。那次，女方的母亲到他家里相亲的时候，大喜赶紧掏出香烟递了上去，人家很客气，推让说不吸烟，大喜则脱口而出"吸一支烟吧，撑不着"。大喜接受了上次相亲的教训，也总结了一些经验，对于这一次的相亲充满了信心。那天，又一女方的父亲上门相亲，通过交流和实地察看，认为还算满意，便在媒人的盛情安排下在大喜家里吃饭。席间，女方父亲去了趟厕所，恰巧大喜也去小解，刚好二人在厕所不远处相遇，大喜很热情地说："大爷，你吃好了吧？"

　　红灯的家长给他买了一顶皮帽子，帽子质地很硬，跟鬼子的头盔相似。那天他第一次戴着去学校，结果引得大家半天没有上好课，精力都分散到他的皮帽子上了。红灯也引以为豪，到处炫耀。第二天，红灯却没有戴着帽子去学校，且神情沮丧。经追问才得知，深夜小解时，他在迷糊中把皮帽子当成了尿壶。

孤寡老人刘氏，每天下午五六点钟就关门闭户，早早地睡下。那年除夕的上午，她的两个外孙女从外地赶来送年货，叫门不开，便翻越不高的院墙而入。不久院子里便响起两个女人的哭喊声，人们赶来才发现刘老太趴在堂屋的地上已经僵硬了。乡亲们分析，罪魁祸首是煤球炉。

那年冬天，我早晨起床后发现，昨晚下了一场大雪，难怪夜晚的被窝感觉比以前暖和了一些。我惊讶地说："我长这么大都没见过这么大的雪。"正在院子里准备清扫积雪的父亲听到后，也跟着附和说："我长这么大也没见过这么大的雪。"

大雪把村里的沟沟坎坎都填平了，没有树的地方，根本分不清哪是沟，哪是路，茫茫无边。放眼望去，田野里只有很少的人在艰难地行走，一分神抬头再看时，那人已经不见了，过了一会儿，只见他又从雪里钻了出来。

团雪球堆雪人打雪仗，那是孩子们的专利，纯属正常行为，但也不乏恶作剧。当我站在教室门口欣赏雪景时，忽然觉得背后一阵冰凉，立马打了个寒战，原来不知是谁往我脖领子里塞了雪球。我喊着叫着跑向厕所。

联产承包责任制实行以后，田地都分产到户，家家有地种，往往是全家总动员。那年学校放秋假，我家里要播种小麦，用的是楼子，需要多人在前面使劲拉，一人负责摇楼，我由于年幼便在旁边玩耍，母亲也许是累了，便吆喝着要我也参加，我有些不情愿，母亲风趣地说："放屁就添风。"

爱美之心人皆有之，但是爱美的方式似乎各不相同。年少的我们喜欢将小镜子和梳子随身携带，尤其是进入班级之前，都要对着镜子照照。当发现头发凌乱时，便会掏出梳子打理一番。有时头发偏偏不听使唤，于是急中生智，赶紧吐几口唾沫在掌心，而后迅速将唾沫抹在凌乱的头发处。

冬天常玩的玩具是火柴枪。用铁丝弯成枪，用自行车链条做枪膛，皮筋绑定撞针，扣动扳机，撞击火药，啪的一声，很有手感，火柴棍就会飞出老远。那天大勇竟在课堂上玩弄起火柴枪，而且目标对准了正在板书的老师，随着一声枪响，老师哎呀一声，原来真的中枪了。

弹弓是用树杈削成的，呈"Y"形，在两端口拴上具有弹性的橡皮筋，橡皮筋的连接处可以缝上一小块布，将石子之类的硬东西放在里面，瞄准目标就可以发射了。弹弓的威力很厉害，二三十米开外仍可以把玻璃窗击破。

我童年最狼狈的事。那天，一群人在围观池塘旁边那棵正在被木匠砍伐的大柳树。正在大家谈笑风生间大树轰然倒塌，谁知树上瞬间飞出很多马蜂，大家见此情景都纷纷抱头鼠窜，由于我年幼腿短跑得慢，结果一只马蜂钻进了开裆裤里，疼得我嗷嗷叫，于是当场把裤子脱了下来。我的举动被很多人看到了，他们幸灾乐祸的样子让我很憎恶。从那时起，我发誓要当一个作家，把他们写进文章里，讽刺鞭挞。

高祖刘邦

2000多年前,刘邦出生在金刘寨村(今隶属丰县赵庄镇)。2000多年后,我出生在袁庄村(今隶属丰县首羡镇)。两个村子的距离不过10公里,因此可以说是正宗的老乡。

公元前202年,在山东定陶的一个土台上,一位中年男子在众人欢呼声中戴上皇帝的冠冕。他不但是布衣出身,而且创造了一个又一个传奇。三年鏖战,摧毁强秦,四载奋斗,战胜项羽……还留下了一首传唱千古的《大风歌》:"大风起兮云飞扬,威加海内兮归故乡,安得猛士兮守四方!"他就是中国历史上最具传奇色彩的大汉王朝开国皇帝——刘邦。

刘邦,丰邑中阳里人(今徐州丰县),中国历史上杰出的政治家、战略家和指挥家,创建了延续400多年的大汉王朝,其是中国历史上存在时间最长的统一王朝,定都长安,史称西汉。

公元前209年,秦末农民起义爆发,年近知天命之年的刘邦顺从民意,领导当地民众举起了反秦大旗。秦末农民战争中还有一支强大的力量,即原楚国贵族后代项羽和其叔父项梁。力量弱小的沛公刘邦不得不归顺项梁并成为其一员大将。在接下来的三年反秦斗争中，刘邦取得了非凡的战绩。

陈胜、项梁战死之时，秦军仍很强大，楚国上下皆不看好西征，都不愿意领军西征，怕被秦军消灭。此时，刘邦毅然决然率军西征，并与秦军主力大战于蓝田，结果大破秦军。秦王子婴向刘邦献上了传国玉玺，秦朝至此宣告灭亡。

项羽消灭了秦军主力之后，也领兵直奔关中而来，并听取范增"趁机除掉对手刘邦"的建议。在这关键时刻，项伯来到刘邦军营。刘邦见到项伯，说明自己并无称王野心，且与项伯约成儿女亲家。项伯当夜返回军营说服项羽不再进攻刘邦。

翌日，刘邦登门议和，于是上演了"鸿门宴"这一千古惊险传奇故事。

之后，项羽便领兵进入咸阳，烧阿房宫，杀秦王子婴。公元前206年，项羽分封天下，自封为西楚霸王，刘邦为汉王、章邯为雍王。同年，项羽把楚义帝杀死，真正掌握军队最高统帅权。时隔不久，心存不满的刘邦便挥军东出，打着为楚义帝报仇的名义，拜韩信为大将，明修栈道，暗度陈仓，联络各诸侯，公开声讨项羽，拉开了四年的楚汉战争序幕。

公元前205年，刘邦乘虚一举攻占彭城，结果又被闻讯而来的项羽打得落荒而逃。项羽乘胜追击，将刘邦围困于荥阳，形势十分危急。刘邦用陈平反间计，使项羽怀疑范增，不用其谋，迫使范增归乡而亡。刘邦乘机跳出包围圈并与项军形成对峙。此时，韩信于河北攻破齐、赵等国，并准备进攻楚国。项羽腹背受敌，兵疲粮尽，无奈答应以鸿沟为界，中分天下，东归楚，西归汉。

公元前203年，项羽引兵东归。

公元前202年，刘邦撕毁盟约，以封赏笼络韩信、彭越等五路联军围剿项羽，在垓下一战重创楚军。韩信还令汉军士卒夜唱楚歌"人心都向楚，天下已属刘；韩信屯垓下，要斩霸王头"。这就是著名的成语典故"四面楚歌"的由来。

项羽痛别虞姬后于乌江自刎。

刘邦统一中国建立汉朝后，以文治理天下，征用儒生，广泛求贤。刘邦在庆功宴上，总结了自己取胜的原因："论运筹帷幄之中，决胜于千里之外，我不如张良；论抚慰百姓供应粮草，我又不如萧何；论领兵百万，决战沙场，百战百胜，我不如韩信。可是，我能做到知人善任，发挥他们的才干，这才是我取胜的真正原因。而项羽只有范增一个人可用，却又对他猜疑，这是他最后失败的原因。"刘邦的总结充分说明了人才的重要性，这是任何年代都颠扑不破的真理。

刘邦的施政理念为坐稳江山，更为长达400余年的大汉帝业奠定了坚实的基础。

集权治政，强化皇权。刘邦利用把萧何下狱，打击削弱相权，将功高盖主且对其威胁最大的韩信斩于长乐宫，并留下"成也萧何，败也萧何"的家喻户晓之成语。对于其他将领，刘邦也颇费心机，比如封雍齿为侯；将六国的后裔和地方的名门望族共十几万人全部迁到关中居住，消除了后顾之忧；尊父亲太公为太上皇，来教育大臣和百姓遵循礼法，尊重长辈，效忠君主；通过对季布和丁公的不同处理，警示大家要做忠臣，不要学丁公。

封官加爵，彰显情义。刘邦深知，分封是吸引人才的最好办法，更是激励属下的重要手段。于是尽可能对功臣封官加爵，让他们在各自的岗位上尽职尽责。刘邦不但以鲁公之礼厚葬项羽于谷城，并"泣之而去"，且将项伯、项佗、项恒、项襄皆封为侯。此举是向天下昭示他是个有情有义之人。

补充法律，制定礼仪。参照秦朝法律"取其宜于时者，作律九章"，即《汉律九章》。在《法经》六篇基础上补充了户律、兴律和厩律，制定了一套符合当时形势需要的政治礼仪制度,还制定了"军人抚恤令""兵皆罢归家诏""士卒从军死者令"等,免徭役,赐爵位,死者用小棺材送回原籍归葬,充分体现了刘邦对退伍老兵的体恤和对阵亡战士的抚慰。并差人撰写了《汉仪十二篇》等法令方面的专著,为汉朝的建立和巩固起了重要作用,也为后人留下了一笔宝贵的文化遗产。

宽柔相济,疑罪从无。刘邦积极倡导以儒家思想为主,以法家思想为辅,提出了"德主刑辅",废除了秦朝严苛的法律刑法,达到宽柔相济、严松相当的统治效果,深得民心。他还是中国历史上最早的"疑罪从无"的确定者。《汉书·高帝纪》载"吏有罪未发觉者,赦之",即是说官吏过去可能有罪而尚未被告发的,予以宽赦。直至1996年,我国的《刑事诉讼法》方才首次确定了无罪推定原则。

虚怀若谷,作风民主。《汉书·高帝纪》形容他"性明达,好谋,能听"。这对于领袖人物来说相当重要,所以他能团结一大批英雄豪杰使出浑身解数为大汉江山鞠躬尽瘁。

遇事冷静,风趣机智。《史记·项羽本纪》中,项羽以烹太公要挟刘邦退兵,他说"吾翁即汝翁,必欲烹乃翁,幸分我一杯羹"。这看似一句薄情寡义的玩笑话,却对挟持人质的项羽起到警示和震慑作用,太公因此幸免于难。

深谋远虑,知人善任。从吕后问弥留之际的刘邦,对其死后的人事安排之事便可略见一斑。吕后问萧相国死后,由谁来接替呢?刘邦说曹参。吕后问曹参之后是谁,刘邦说王陵可以在曹参之后接任,但王陵智谋不足,可以由陈平辅佐。陈平虽然有智谋,但不能决断大事。周勃虽然不善言谈,但为人忠厚,日后安定刘氏江山肯定是他,用他做太尉吧。吕后又追问以后怎么办,刘邦有气无力地说以后的事你不会知道了。

苏东坡说:"古之善原人情而深识天下之势者,无如高帝。"900余年前的苏大学士洞察世事,与一些人诟病刘邦是"流氓""无赖"的表象背后的气度、胸襟和智慧形成鲜明对比。从而还原了一个在历史上叱咤风云、有血有肉、从善如流的政治家、军事家、布衣皇帝的形象。一代伟人毛泽东曾评价刘邦是历代帝王中最厉害的一个。的确，刘邦使四分五裂的中国真正统一强大起来，也使分崩离析的民心凝集起来，从而促成了汉代雍容大度的文化基础，奠定了华夏民族的"大一统"。汉字、汉语、汉乐府、汉文化等就是从大汉王朝而起。刘邦有条不紊地实现了孔子憧憬而未可得的礼仪之邦，以仁为本、循礼而治地重建儒家文化，以汉民族为主的国家传承了2000多年，他的历史功业无限，留下的精神财富无限。他为人类历史开创了新纪元，在中华文明史上留下了深刻而永恒的印记。

第五辑　艺人

　　捏面人的师傅在村子里停住脚步,一个个生动的小面人直往孩子们眼里钻。红红绿绿的小面人色彩明快,逼真传神,姿态逗人,有的腾空飞跃,有的威风凛凛,有的亭亭玉立,有的奇形怪状。一群顽皮的小孩子看得心里直痒痒,叽叽喳喳,指指点点……

生意人

在老家，除了依靠传统耕种靠天吃饭的人外，还有一些人凭着自己的智慧、经济头脑或一技之长来营生，完全可以养活自己甚至全家人。

常到村子里光顾的有挑着小货柜，或推着独轮车，或拉着平板车，或推着自行车等工具的卖货郎，老家俗称货郎担、货郎鼓或货郎挑，大概是以从业者所持响器及载货的工具而得名的吧。尽管承载物品的工具不同，但招呼人的器具却是相同的：一只带有把手的小牛皮鼓，转动起来，鼓圈上的两个穗子就会敲打在鼓面上，发出"砰砰"的响声。

可以说，货郎担是计划经济条件下私有经济的雏形，是流动着的小商品市场，也是 20 世纪七八十年代我国农村地区商品消费的主要补充形式。那时物质比较贫乏，再加上计划经济的局限性，人们买点儿生活用品或者其他东西要到大队代销店或公社的供销社去，十分不便，这也是货郎担在当时存在的主要原因。

货郎担的东西虽不多，却深受男女老少的青睐，多是一些针线、糖果、糖豆、麻花团、纽扣、红头绳、皮筋、发卡、小镜子、小梳子、卫生球、火柴、肥皂、雪花膏等日用品。到了春节前后，会增加孩子们喜欢的小鞭炮、纸炮、洋火枪、弹弓、红灯笼、蜡烛、毽子、彩色玻璃球、塑料小喇叭等玩具；还有铅笔、钢笔、本子、小刀、橡皮、墨水等学习用品。货郎带来的东西基本可以满足日常生活所需了。

货郎担不仅卖东西，还收购破烂。走街串巷，拨浪鼓清脆的声音传遍村头巷尾，村民闻之仿佛如约而至，各买所需。货郎放下担子或停下车子，打开简易货柜，向人们介绍各种物品。孩子们就会拿着牙膏壳、烂鞋、废铁、玻璃瓶等东西换糖果吃，换自己喜欢的玩具或学习用品。有的孩子直接向家长要钱，如不给就会不高兴甚至哭闹。大家选好东西后，就开始讨价还价，叽叽喳喳的吵闹声并没有使货郎生气，争争吵吵之中大家都是乐呵呵的。最后双方都是满意的。

这次如果没有，下次过来的时候会捎带过来。货郎走的地方多了，自然见识广一些，成了村民们了解外面世界的窗口。货郎在给村民带来货物的同时，也给村民带来了新闻。所以大家都期盼着他下次能够早日来村里。

不知从什么时候起，货郎鼓声渐渐消失了，只留下那些美好而零碎的记忆在心头。

卖香油的方式比较独特，不吆喝只是敲梆子，有些像和尚敲木鱼，人们听到梆子声就知道是卖香油的来了。常来我们村子卖香油的是张后屯的田姓，个头挺高，就是头有些歪，人称"田老歪"。尽管如此，他卖香油的功夫还是很高的，有些像《卖油翁》中所描述的快、准、稳。

他是我近邻的女婿，按辈分我要称呼他为姑夫。记得有一次，他又到我们村子卖香油，经过我家门口时，我天真地问他："姑夫，你卖的香油是真的吗？"他的回答很幽默："真的多贵啦，连我自己都舍不得吃……"当我将他的话说给大人听时，大家都会心地笑了。

卖豆腐的人用自行车驮着或用平板车拉着一个长方形的木盒子，走街串巷且不停地吆喝着"打豆腐"。人们可以用黄豆换取，也可以用钱买。老家盛产大豆，所以农人磨豆腐、卖豆腐的也多。不过他们卖的豆腐只有两样：一样是千层豆腐，也叫豆腐皮；另一样是嫩豆腐。

所谓嫩豆腐，就是介于千层豆腐与豆腐脑儿之间的一种豆腐，看上去非常鲜嫩细腻，用手轻轻一压，颤巍巍的。只见生意人掀开土黄色的薄布，拿出黄铜刀轻轻一划，转眼间，颤巍巍的一块雪白豆腐就飞上秤盘。上秤称的重量与所求购的重量所差无几。

打爆米花的人也经常来村里，一待就是大半天。拉着平板车，先在村子里吆喝一圈，便安营扎寨。炭炉子上支撑起一个大肚子压力锅，舔着火苗不停地旋转，等到锅上的气压表达到一定的指数时，便停下来，撬开盖的时候会发出"砰"的一声响，胆子小的人，站在旁边老早就会捂起耳朵。"砰砰"声不绝于耳，显然生意很好。

捏面人的师傅一到，孩子们就像炸了锅，一个个揣着甜蜜的心思一下子围拢过来，宁静的村庄顿时卷起一层热浪。捏面人的师傅在村子里停住脚步，一个个生动的小面人直往孩子们眼里钻。红红绿绿的小面人色彩明快，逼真传神，姿态逗人，有的腾空飞跃，有的威风凛凛，有的亭亭玉立，有的奇形怪状。一群顽皮的小孩子看得心里直痒痒，叽叽喳喳，指指点点，于是转身跑回家中跟大人要零钱，得到满足后便会一蹦一跳地跑回来，否则，就会垂头丧气、噘着小嘴悻悻而归。

记忆里，那师傅本事特别大，孙悟空造型似乎最拿手。只见师傅麻利地打开工具包，取出一根竹签摆在那里，又取下一小块面团做头部，然后在眼部贴上两块白色面片，用雕刀压出眼窝，点上两个黑眼珠，白面猴的小眼睛就做好了。接着师傅在面部贴一块白色面片做嘴脸，用剪刀剪出口形，用雕刀灵巧地将上下唇分开，用小碌子轧出个大嘴角，贴上尖尖的小舌头，再用雕刀扎出翘鼻，白面猴头就成型了。师傅取一小块圆形面球开始做耳朵，再从侧面用小磙子轧出耳蜗贴在头上，白面猴头就做好了。最后师傅做猴子身体，捏出腿、腰和尾巴，白面猴做得栩栩如生，仿佛在腾云驾雾。

卖艺人（一）

算命先生也算卖艺的人吧，依靠着自己掌握的易学，加之一张巧嘴也能营生。记得有个瞎子眼睛闭着，满脸都是笑。他常来村子里给人算命，听完生辰八字，便会滔滔不绝。瞎子依靠竹竿走路，亦步亦趋，有时也会带个孩子领路，很受一些人的欢迎。在他们眼里，瞎子似乎不但可以帮助他们解决遇到的每一个人生难题，而且可以预见他们的未来，逢凶化吉。事实上能否灵验，只有算命先生和当事人自己心里最清楚。

还有艺人乞丐。之所以称之为艺人乞丐，主要是因为这些乞讨者有别于一般的直接伸手要东西的乞讨者，比如一声不吭地倚在大门口，一只手里拿着打狗的棍子，一只手里端着破旧的碗，口袋斜挎在肩上。

印象中，艺人乞丐大多来自河南、安徽等地。在门口架起一面小鼓，打起竹板来说几句很顺口的恭维话，或唱上一段家乡戏；也有的抱着二胡拉上片刻，样子似乎很投入。每每此时，母亲便赶紧拿个馒头将乞讨者打发走，有的乞讨者还很挑剔，不接收馒头，只要粮食或钱，无奈只好满足他的要求。也有的人家对乞讨者置之不理，任凭其在门口停留，最后乞讨者只好空手走开。孩子们往往很好奇，也在后面尾随着，仿佛是乞讨者的亲友团。

唢呐，老家人称之为喇叭，唢呐手则被称为吹喇叭的人。喇叭戏班子在老家颇受欢迎。几乎每家有红白喜事时都要请上他们演奏一两天，为的是营造氛围。如果哪家缺少了喇叭，就会显得很冷清，似乎对活动不够重视。

戏班子通常有五六个人，是个松散组织，平时各干各的事，只是有活动时才集中起来。在班子中吹唢呐者是真正的主角，要会吹奏很多戏曲、歌曲，既要会经典的又要会流行的，且都不能跑调。当然也离不开其他成员的帮衬，如笛子、笙等乐器的伴奏。

唢呐音色高亢、明亮，有较强的穿透力和感染力，特别适宜在乡间吹奏。村落如珠子般散落田间，田野广袤无垠，阡陌纵横，唢呐声声，那浑厚有力、格调高亢的旋律，在村庄里、田野上滚动，将当地的风土人情倾诉于乐调之中，正和乡下人的质朴、粗犷一脉相承，成为民间一道亮丽的风景线。

在老家，老人仙逝，请唢呐手是表达家人心愿的最好方式。老人在世时劳作一生，尝遍人间酸甜苦辣，几乎没有享到什么福分便撒手西去，带走了终生未了的心愿。此时，孝子贤孙亲朋故友在凄凄哀哀的唢呐声中做最后的告别。长歌当哭，其凄婉，其哀怨，令听者黯然神伤。

儿女婚嫁则是人生大喜事，最值得显摆也最应该显摆。结婚的头天晚上，就会把唢呐班子请来，在大门旁摆张桌子，好酒好菜伺候着。唢呐手格外卖力，不断拿出自己的绝活，这不仅关乎自己的声誉，也关乎唢呐班子的生存，这是对外宣传的好机会，他们绝不会放过这样的机遇，吸引着村里的男女老少前来助阵凑热闹，他们有的站着，有的坐着，黑压压地把唢呐班子围在中间，那嘹亮喜庆的唢呐声把乡村的夜晚演绎得热闹非凡。

第二天，迎亲的队伍走出村头，唢呐手在前面带路，走一路吹一路，把婚嫁的喜庆洒满一路。有时两家迎亲的队伍会在同一条路上邂逅，唢呐手之间往往会比赛，围观者跟着起哄，唢呐手吹得更带劲了，累得满头大汗也是常有的事情，如不是双方主事的私下斡旋，不分出个高低唢呐手绝不罢休。当然，这只是一个小插曲，丝毫不影响双方的喜庆。

其实，真正考验唢呐手的是在婚宴上。许多喝喜酒的亲朋好友为了助兴，当场出钱点歌让唢呐手吹奏，也给唢呐手提供了一个挣钱的机会，累并快乐着。

唢呐似乎成了生生死死、欢欢喜喜唯一的道具。一场人生的戏，在唢呐声声中，高一声、低一声，高高低低的音符，或喜庆或忧伤，像一些意味深长的线条，在内心跳跃……

近些年，唢呐班子这一古老的传统艺术表现形式已经融入了现代的科技文明。音响、电子琴、架子鼓等已经成为不可或缺的乐器。尽管如此，唢呐等传统的乐器仍富有朝气，在历史的长河中还会蓬勃发展下去，因为它生在民间，长在民间，活在民间，一切以老百姓的喜怒哀乐为追求目标，是老百姓的艺术。

卖艺人（二）

老家人尊称说书人为先生。先生看上去六七十岁的样子，身材清癯，长脸棱角分明，头发蓬松，是特意从十余里以外的地方请来的。听父辈们讲，他曾是旧社会国民政府的文书，喝过洋墨水，因受排挤被贬谪乡野，回乡后一直读书陶冶性情，又靠说书养家营生。三根细亮泛黄的竹竿中间用铆钉铆住，成了交叉自如的鼓架子；一块惊堂木，一副檀木牙板，外加一柄折扇，这便是一个走村串户说书人的所有家当。

"咚咚咚"的扁鼓敲过三遍，预示着当晚的说书即将拉开帷幕，接着"鸳鸯板"疾徐有致地响了起来。说书人合仄押韵、绘声绘色，时而闲庭信步，时而快步流星；时而眺望远方，时而俯首寻珠……于是，前朝往事、刀光剑影，犹如在眼前活生生地上演着。不论是神话里的深明大义、战场上的金戈铁马，还是大宅院内的爱恨情仇、名利场上的明争暗斗，都在富于变化的鼓点中，像溪水一样或湍急或涓流。

说书时先生能揣摩人心，尤其善于渲染气氛，将情节拿捏得恰到好处，扣人心弦而又引人入胜。比如讲到鲁智深扔众泼皮进粪坑时，他且说且演示,将众泼皮的丑态表演得惟妙惟肖。只见他全身蜷缩成弓,左手紧掩口鼻,右手在鼻前扇动,不迭地说"好臭!好臭!臭杀洒家也",引人捧腹。说到林冲与妻悲情别离时,声音凄凉真切,令在场的不少人潸然泪下,直掀起衣襟擦拭眼角。若主人公独自行于孤山旷野性命攸关之时,只见他眼睛越缩越小、越陷越深,加之颇具诡异的口技,顿时营造出险象环生之境,让人毛骨悚然、头皮发麻,更有些胆小的孩子会赶紧将头躲进家长的怀中。

说书先生在大家眼里自然是识字断文的文化人,大部头的书看下来,再说出来,演绎成一个个场景,又跑到听众的耳朵里且使其受到感染,这对高密度的"睁眼瞎"听众而言,无疑是大知识分子。说书人时而轻声低语,时而声急如潮,高兴时抚摸着额头大笑,伤心时呜呜咽咽。如遇到书中人物蒙冤入狱,说书人的神情便流露出哀恸,声音也变得嘶哑,一字一句直钻农人的泪腺。农人沉浸到了说书人的故事里,人物的悲欢离合滋养了他们的精神生活,甚至影响到他们对人生的看法。

还有一对师徒说书人也令我记忆深刻。师傅是盲人,徒弟用一根棍子牵引着师傅行走。徒弟的视力也不好,走起路来深一脚浅一脚。他们的行头大致包括三弦琴、牛皮鼓,还有鼓板、鼓架和铺盖等,肩挑手提很是吃力。小孩儿们围观一会儿便飞奔着把这个好消息瞬间传遍全村。

鼓板一响,说书便开始了。整个村子都沉浸在快乐的气氛里。孩子们咧着缺了门牙的嘴巴,开心大笑着。乡亲们一张张写满艰辛和沧桑的脸上,也露出了难得的陶醉笑容,有时候听到后半夜了还依依不舍。

至今记忆犹新的是《说岳全传》里的"朱仙镇之战"那一段。这是盲人师徒的精彩演出。

"啊呀呀,岳云哪,要当心背后,快使银锤吧!"师傅说。"呔!小将岳云来也!"徒弟答。师傅接着说:"说时迟,那时快,只见岳云舞动银锤,严成方金锤使开,何元庆铁锤飞舞,狄雷铜锤并举,一起一落,金光闪闪,寒气逼人!八锤大闹朱仙镇,顷刻间,杀得那金兵堆积如山,血流成河,不一会儿工夫,就看见金兀术落下马来,抱头鼠窜……"

  年幼的我有时会奚落盲人师徒,父亲严肃地批评了我的言行。时至今日,依然记得父亲对我说过的话:"他们虽然看不见万物,但是他们每一天都过得清清白白,非常开心,他们是有尊严的人!残疾的只是他们的眼睛,他们的心灵和生命仍是阳光的完整的,甚至是高贵的。他们凭借精湛的技艺和敬业精神,自食其力,甚至比四肢健全的人更能享受人生。"父亲的一番话也使我长大后更加深切地理解同样是盲人的海伦·凯勒说过的一段话:"人们经常发现,那些生活在黑暗和阴影里的人,对他们所从事的每一项事业,无不感到甜蜜。然而,我们大多数人却把生命看得太平淡了。"

  一块惊堂木,拍一拍春去冬来;一柄折扇,挥一挥金戈铁马;一副好嗓子,表一表恩怨情仇。这就是那个年代乡村说书人的真实写照。乡村说书人为乡村寂寞的夜生活打开了一扇明亮欢快的窗口。

  家乡有一种戏曲叫柳琴戏,俗称拉魂腔。柳琴戏为何又称拉魂腔呢?据说,这种戏曲听久了,就会入迷,魂就会被拉走了。这当然是一种夸张的说法。真实的情况是,有一些痴迷者会跟着戏班子跑。戏班子唱到哪个村,他们就寻到哪个村,可谓百听不厌、百看不烦。用现在时髦的话说,那些人都是铁杆粉丝。

  这种戏来源于乡村,专唱给乡下人听。冬日里的晚饭后,村民们搬起小板凳从四面八方赶往村部门前的打麦场,汽灯悬挂在柱子上亮如白昼,发出"吱吱"的声音,不大的地方早已人头攒动。有的追逐嬉戏;有的为了抢占最佳位置,早早坐在那里等待家长的到来;还有的跑进舞台中央做出各种鬼脸;年轻的小伙凑到一起,不时打量着姑娘们品头论足。老人手牵着小孙子,拎着板凳颤颤巍巍也早早来到现场。大家有说有笑,人声嘈杂,期盼着早点儿开演。

不一会儿，开戏的锣鼓响起来了，大家迅速安静下来，都全神贯注地注视着舞台，几种乐器齐奏，演员身着绸缎闪亮登场。对于孩子们来说，最感兴趣的是武生们出场后的耍枪舞棒及对打，看得手舞足蹈，手心发痒，恨不得也跑上台去耍弄一番。丑角演员的亮相很有特点：弓着腰，探着头，轻踮着小步向观众挤眉弄眼，出神的表演博得观众捧腹大笑掌声阵阵。

除了有一些专业剧团演出外，有文艺细胞的村民也会在农闲时聚到一起自娱自乐，既不需要舞台，也不需要道具，更不需要华丽的服饰，乐器更是奢望，都是清唱。尽管如此，仍然有板有眼，非常认真，惟妙惟肖的模仿常常逗得围观者哄堂大笑。儿时，街头巷尾、田间地头、乡间小道随处都可以听到柳琴戏的哼唱声。有些传统剧目、经典唱段，男女老少茶余饭后都能哼几句，如《喝面叶》一剧中的唱词："大路上来了我陈世铎，赶集赶了三天多。想起来东庄唱的那台戏哟，有一个唱得还真不错……回家吧，回家吧，俺老婆还在家等着我……"有时赶集上店，肩扛锄头的老汉也会悠闲自得哼唱这一段。《墙头记》《铡美案》《牧羊圈》《朱买臣休妻》等，也是柳琴戏中的经典剧目。

这种小戏接地气，源于生活，形式喜闻乐见，而且融合了家乡人质朴的乡土气息，具有民间小调风味；唱词通俗易懂，女声唱腔柔美低回、如泣如诉，男声粗犷盎然、雄浑高亢；高兴时酣畅淋漓，痛苦时泪如泉涌；演出的剧目大多是表达人间悲欢离合、酸甜苦辣，最终又以大团圆剧终，因而深受家乡人的喜爱。

随着时代的快速发展，柳琴戏已与乡下人渐行渐远。这对于曾经熟悉和热爱它的人来说，不能不说是一种失落与遗憾。令人欣慰的是，柳琴戏这一剧种，已被国家列为非物质文化遗产。

手艺人（一）

  空闲时，有人把收割来的各种野生树条编织成日常生活中使用的工具，就叫编条。人们将从事编条的人叫作编条匠。编条也是一门手艺，这样的人心灵手巧会过日子，除自用外，把多余的编条制品拿到集市上交易，换取一些零花钱。

  编条工艺起于何时，没有确切的考证。编条的制作流程并不复杂，不同器物的编织方式也不尽相同。编条主要分为备料、编结、修整三道工序。编条匠会在自家院子里建一个大一点儿的地窨子，一年四季，只要编织都在地窨中进行。各种树条在这种环境中由于湿润，变得绵软，易于编织。正因如此的工作环境，才导致编条匠容易患上关节炎。

  编条用的工具很简单，短把镰刀、锯子、剪子、锛子、麻绳等。编织用的树枝条也很普遍，如荆柳条、白蜡条、桑树条等都是编织的好材料。用它们编织的簸箕、箔篮等，细腻光滑、外观漂亮、结实耐用。

  每年秋收之后进入冬闲，铁匠便来了，像候鸟一样，也不知道是从哪里来的。铁匠只要在村子里安营扎寨，根本不需要吆喝，很快就会聚集不少村民。因为忙碌了一年，谁家没有一两件农具需要修整。

临时的铁匠铺往往建在村里较显眼的地方，还会搭个简易的棚子。随身携带的锅碗瓢盆、被褥等生活用品也有序地放置一边，临时的家就算诞生了。虽很简陋，但不乏家的温暖。铁匠大多是两个人，通常是师徒关系，也有的是父子关系。年龄大的铁匠看上去已年过半百，岁月的年轮已在他饱经沧桑的脸上留下刻痕，同时也馈赠给了他温和与宽厚。

人们喜欢在旁边看铁匠打铁，仿佛是在看表演。铁匠穿着单薄的衣衫，像铁塔一样立于寒气笼罩下的红红的灶膛旁。两人的鼻翼两边总是被炭灰染得乌黑，鼻头却又是红的。想来，他们也知道脸上有炭灰，反复擦了很多次吧。徒弟忙着拉风箱，风箱发出呼呼声响，炭火越烧越旺，吹得火苗直蹿。镰刀之类的农具哪禁得住这般"烤"验，不久就红得透明了。

俗话说"趁热打铁"。戴着防护手套的师傅用铁钳子把烧得通红的农具放在砧子上，此时徒弟已经双手抡起大锤，师傅则用另一只手拿把小锤，大小铁锤开始上下翻飞。抡锤子的手臂粗壮有力，四溅的火星经常先落在他们身上再滚到地上，他们仿佛钢铁侠根本不在乎。手中铿锵的铁锤敲打通红的农具发出"叮当"的声音，在村庄上空回荡。一会儿工夫，变魔术似的，原本通红的家伙变了模样。正看得出奇，铁匠突然把锤得火红的农具伸进一旁盛着冷水的铁桶里，随即发出"吱吱"的响声，冷水瞬间冒出水泡和雾气。农具烧了锤，锤了冷却，再烧，再锤，再冷却，火让铁变软，水又让铁变硬，在火与水的轮回中，在铁锤的敲击下，残钝的农具像涅槃的凤凰，重获新生。

铁锤与铁砧的撞击声，火红的铁具放入水中的淬火声，呱嗒呱嗒的不停拉动的风箱声交织在一起。炉子里升腾着蓝色与橙色的火焰，像幽灵般尽情舞蹈。火光中，铁匠表情专注、执着、期待。铁匠在寒风中额头依然冒汗，这是一幅热火朝天的劳动场景。打铁磨炼耐性，也检验灵巧，发的是暗力，力道要适中，力用过了，容易把农具锤坏。打铁虽是累活脏活，其实也要讲究技巧，比如要猛火烧、冷水淬、轻锤敲等，整个环节都马虎不得。

铁匠其实也喜欢人们围观，因为铁匠似乎已把这里当作了舞台，故倾其本领，充分展示着自己的才艺。这样的场景最能激活人气、激荡人心、引人注目。在这样的情景里，铁匠像演员，像魔术师，忘情表演，把艰辛的劳作当成了戏来演。生活如戏的人生一定是惬意、快乐的吧。

婚丧嫁娶都离不开油漆匠。油漆匠使用的工具很多，有铲子、泥粉、油漆、砂纸、毛刷等。油漆匠大多不是专业的，所以也就不靠此营生，平时没有邀请的时候正常劳作。

结婚需要油漆很多家具，尤其是女儿出嫁，比如橱子、柜子等要十余件嫁妆。油漆匠先把泥子粉调和好，然后一铲一铲地抹到家具的表面，填平坑洼或被岁月腐蚀了的木洞。等晾到快干的时候开始打磨，砂纸与柜面之间的摩擦会发出尖锐刺耳的声音。这声音会留在主人的耳畔，也会持久地留在木器里。

上漆是一道重要的工序。一遍、两遍或者三遍，这就要看主人的家庭条件和要求了。一般漆成大红大紫，这是乡间的流行色。然后，还要在家具的醒目处画上红梅、喜鹊等图案，寓意为喜上眉梢。

哪家死人了也要请油漆匠去油漆棺材。这个工序简单，大致先抹下泥子即可，毕竟是要埋入地下的东西，事主也不会在意工艺。大多人家都用黑油漆涂刷，只有个别人家改用红色，或者在上面画上图案。

需要油漆的还有墙围、油布、油伞等。

油漆具有一定的腐蚀性。所以油漆匠的手总给人永远也洗不干净的感觉。油漆似乎已经渗进了他的皮肤，也深深地渗进了乡村的肌理。

油漆匠与木匠紧密相连，但又是截然不同的职业。制作一件家具，木匠负责前期工作，油漆匠则负责后期工作。木匠的工具有很多，比如锤子、凿子、斧子、锯子、锛子、刨子、角尺、墨斗，等等。为了携带方便，木匠常常会制作一个提筐，把这些家什都放在里面，仿佛一个百宝箱，去哪里工作就带到哪里。

木匠在开锯木头的时候，往往要先放线，这时墨斗就派上用场了。我小时候，最爱看木匠弹墨斗。墨斗，顾名思义，斗方状的小木盒子里有一卷细长的线，炭墨把线浸染成黑色。线的一端拴着一枚铁钉，木匠把铁钉固定在木料的另一端，然后将线拉出来，手指捻住线一弹，一道线状的墨痕便清晰地呈现在需要锯开的木料上，然后顺着墨痕锯成需要的材料。木匠拉锯子，一推一拉，时快时慢，嗖嗖嗖——嗖嗖嗖，木屑在齿状的刀片与木头的摩擦中，纷纷而下。接下来就要进行削刨、凿眼、开榫等工艺。

木匠的耳朵上常常别着一支铅笔，是专门用来画短线的。一块很毛糙的木板被木匠用刨子一阵狂刨后就会变得光滑起来。木匠总爱闭上一只眼，淡定地瞄着，像射击前的准备。就这样瞄呀瞄，从木料到成品，不知瞄了多少次，便瞄出一件件美观实用的家具。木匠除了用锯子锯开或用刨子刨平，还需要用锛子砍削。这个动作是最危险的，稍有不慎就有可能受伤，属于高难度动作。好在术业有专攻，在外人看来很危险的动作，木匠做起来却游刃有余。

木匠双手推着刨，腿经年埋在卷曲的木花里，木花是从刨子眼里冒出的，薄薄的木片儿呈卷状，一卷卷地翻滚，像天上的云朵，散发着木料的气息。薄薄的木片，是最易燃的柴火之一。有时头上身上也会沾着卷曲的木花。循着那一片片木花，就会在某一个地点找到木匠。人们离不开木匠，结婚要做家具，死人要做棺材，盖房要做大梁和门窗等。因此木匠一年到头忙个不停，仿佛有做不完的营生，活着好像就是为了打造自己的村庄。

手艺人(二)

在农村,遇到婚丧嫁娶,基本要惊动半个村子的人,甚至更多,但核心的人物只有两个:一个是大老执(也叫大总理),另一个就是掌勺的厨师,老家人称之为"焗长"。焗长与局长同音,都有统领全局的意思,其重要性由此可见。焗虽然是众多烹饪方法中的一种,但焗长对烹饪方法样样精通,即使没有接受过正规餐饮方面的培训,也能凭着精明的大脑和灵活的双手自学成才,烹饪出满桌可口的饭菜,因此,很能赢得大家的尊重。

如遇喜事,主人会先到焗长家拜访并说明情况,比如共有多少亲戚、多少邻居,商定大概有多少桌,再根据经济情况和主人意愿决定宴席档次。这样焗长心中就有数了,会很快开出一个菜单,具体包括几个凉菜、几个炒菜、几个大菜。事主认为满意了便开始准备食材。如遇上丧事,通常有大老执代替事主登门商谈具体事宜。

焗长往往在办事的前一天便带上菜刀等厨具来到主人家忙碌开来。焗长的形象通常是戴着套袖,腰间系着长长的围裙,两把足够分量的砍刀和菜刀，在手里上下飞舞。配菜完毕后，紧接着又是一番游刃有余的动作。就这样，一盘盘、一碗碗食材，经过焗长的手，成为客人们垂涎三尺的美味佳肴。

等菜全部上齐，作为幕后英雄的焗长才得以休息，坐在厨房和几个帮厨者一起抽烟喝酒聊天，并不到台面上吃，有剩余的菜也就够了。有时也会到酒席现场张望一圈，主要看看哪些菜被吃光哪些菜被剩下，因为被吃光的菜通常是受欢迎的，味道自然可口。这样心中也就有数了，以便总结经验。

那时的焗长都是无偿提供劳动，当然事主心里也明白，不能让人家白辛苦，于是完事之后，会主动送上一两条香烟和几瓶白酒以示酬谢，当然少不了说些感谢的话。焗长便带着自己的厨具和礼品高高兴兴地回家了。焗长看重的不是钱，而是邻里之间那份厚重的情谊和别人酒足饭饱之后的高度评价。

焗长在老家属于手艺人，他们在那个年代曾不可或缺。如今的老家，很多旧行当老手艺日渐衰落失传，焗长也不例外。尽管岁月一页一页地翻过，焗长仍然成为记忆最深处的怀念之一。

剃头匠常常会肩挑挑子游走在村庄里，游走在村庄的历史里。一头是带抽屉的方凳，一头是坐着水盆的火炉，这当然是在冬日里。到了天气暖和的时候，自然就不需要热水了，随便从别人家里舀上几瓢水就可以了。剃头人在方凳上坐下，用盆里的水洗一洗，开始闭目养神。剃光头的多是老年人，既省事又好打理。剃头匠开始忙活起来，先是手持一把亮闪闪的剃刀，在一块布满油污的荡布上擦一擦，瞬间变得锋芒毕露。接着剃刀行走在发丛中，一会儿工夫，"一只闪亮的大灯泡"就"新鲜出炉"了。

没有金刚钻，别揽瓷器活。这句话显然是从锔碗补锅的艺人使用的钻头引申出来的。锔活也分粗和细，那些走街串巷的手艺人，干的自然是粗活。那时生活困难，日常生活中用坏或碰坏的饭碗、铁锅，都不舍得轻易扔掉。人们提出的持家口号是"新三年，旧三年，缝缝补补又三年"。

补锅匠进村时，都会挑着一根扁担，扁担一端挂着一个木质的手摇鼓风机和一个小火炉，另一端挂着一个大竹筐，里面装着焦炭、三脚架、坩埚、铁剪、铁钎、铁锤、碎锅片等。

扒碗用的小锔子是用约2毫米粗的铜丝或铁丝砸成的。锔子长度不足1厘米，中间扁平两头细，并有被弯成90度的锔腿。扒碗就是靠锔子腿扣紧碎裂纹。补锅的锔子则是用白铁皮做的，工艺当然也不同。如此工艺补好的碗盛上水居然滴水不漏。至于修补大砂缸，使用的锔子就必须出自火炉锻打的了，长四五厘米，甚至更长。这些工序完成后，还有最后一道工序且非常重要，那就是用石灰膏抹缝，起到填补作用。

说是补锅匠其实除了补锅，也补水缸、陶坛、钵子、搪瓷盆、金边细碗等。补锅匠先在村里吆喝一番"补锅了"。很多村民闻讯后便将家中需要修补的用具陆续拿到他的面前。

补锅盆的工序并不复杂。先用砂纸将锅盆破洞周围擦拭干净，用小锉把破洞的边缘打磨整齐。然后，在炉子里放进焦炭，摇动小小的鼓风机……不一会儿，炉火就烧旺了。接着用火钳夹住一个坩埚，放进火中烧，等坩埚烧红了，再放入铁块。很快，铁块就变成了液态的铁珠。迅速将液态的铁珠倒在破洞处，再用力一按。等铁珠稍稍凝固，把锅放在砧子上，用锤子敲打一番，用锉再打磨一下，就算补好了。

"磨剪子来，戗菜刀！"这样拖着长长尾音且响亮的吆喝声在村庄上空时常响起。一个蓬头垢面、衣衫褴褛的老年汉子，背有些驼，肩上扛着长条板凳。凳子前头卡着一块磨刀石，另一端是一只箱子，里面装着锤子、钢铲、毛刷、小水桶等物品，与京剧《红灯记》中地下工作者的形象颇为相似，这也就是所谓艺术来源于生活的缘故吧。那个苍老的背影在阳光的映照下，有沧桑的诗意。每隔一段时间，他就会到村子里吆喝着走一圈。磨刀匠走路慢慢悠悠，边走边喊，声音低沉而悠长。这一行头深深印入我的脑海里，直至今日还会偶尔浮现。

磨刀匠经验丰富，只把送来的刀剪掂起来一看，便知道刀剪的材质，再一看刀刃的磨损程度，对刀剪要磨的力度、角度和时间便心里有数。菜刀通常是先抢后磨。磨刀匠把菜刀固定在凳子上，两手握着铁铲杆，身子前倾，用力抢着菜刀的刃面，铁铲像一把刨子，锋利的刃上卷起一抹抹铁屑，原本锈迹斑斑的菜刀刃面瞬间变得明晃晃起来。

相比之下，剪刀似乎更难磨。磨剪刀时要挺住手腕，这样才能保证剪刀的刀口是一条直线。要达到两片剪刃相交时，尖头非常贴合，因此就要敲一敲剪刀的中轴，松紧要适度，才能使布料迎刃而开。这是个技术活儿，非一般人所能为。术业有专攻，说的就是这一道理，个中窍门并非人人皆知。这也是磨刀会成为一种职业的缘故吧。

手艺人（三）

　　乡间烧砖的土窑很壮观，像一个土丘耸立在那里，一条土路从窑顶延伸下来。窑大多建在有黏土的地方，这样脱砖坯子取土比较方便。

　　烧砖的过程很复杂，要经过和泥、脱坯、晾坯、装窑、烧坯、洇砖、出窑等工序。在这众多的工序中，只有烧窑靠的是技术和经验，其余环节靠的都是力气，故专业的烧窑匠也就出现了。

　　脱砖坯子首先要取土和泥。和泥主要用黏土，再掺入一定比例的沙土，这样烧出来的砖才不会开裂，且看上去显得很光洁。

　　脱砖坯子是烧窑过程中最累人的活。砖模型通常有两种，既有一次成型三块砖坯子的，也有成型两块的，各人按自己力量的大小使用。砖模型是用木板扣制而成，都是统一规格。

　　脱砖坯子时，通常是三个人配合着干。成型的砖坯子一排排整齐地陈列着。经过几天的晾晒，砖坯子已定型。人们把砖坯子掀起立在那里，等砖坯子半干的时候，会把砖坯子一层层斜方向交叉立着摞起来，既是为了腾出场地，也是为了砖坯子四处通风易于风干。即便下雨，也好集中遮盖。

烧窑大多选在冬闲之时，人们把晾干的砖坯子一车车运到窑里有规律地码起来。最后把窑门窑顶封上，接下来烧窑匠就开始烧火了。

烧窑时需要两三个烧窑匠轮流值班。烧窑匠会把铺盖搬到窑洞里，窑火一旦点着，就不能熄灭，一窑砖烧好约需10天时间。其间，烧窑匠吃住都要在窑炉旁，不停地向窑炉里添加炭火，让窑里的砖受热均匀，直至把窑内的砖烧熟烧透为止。

窑烧好后，如果采取自然冷却，出来的就是红砖；如果采取凉水冷却，将砖窑里的火熄灭，出来的就是青砖。

老家人大多选择冬闲的时候盖房子，俗称盖屋。盖屋前打地基是第一道工序，也是盖屋的基础，非常关键。地基的好坏将直接影响到房屋的质量。打地基就是打夯。地基的好坏与打夯有直接的关系，绝对马虎不得，故屋主对打夯格外看重。打夯那天就是盖屋正式开始的时候，也可以看成是奠基仪式。

屋主选择一个良辰吉日，打夯在啪啪的鞭炮声中开始。那时的夯很简单，即用一块方石头，两边捆上约1米高的木棍，在石头的下边用麻绳或铁丝紧紧地缠绕捆扎起来，再在上面均匀地拴上4~6条1米多长的绳子。一个人扶夯棍，就是掌舵，也是把握方向，其余几人扯绳，这就是打夯的全部阵容。

打夯动作机械重复，看似简单，其实里面有很多的要领。夯打得好坏，首先与夯的落点、密度以及力度是否均匀有很大关系。夯有夯点和夯眼之分。打夯时，并不是一夯挨着一夯打，而是隔一个夯打一夯，这叫夯点。空下的地方叫夯眼，打完夯点再打夯眼，轮流打完一遍才算完工。然后人们重新填上土接着打，只有这样打出来的地基才会结实。

其次是打夯讲究配合。打夯人的身材高矮最好相差不多。打夯过程中，几个人用力的大小、快慢要高度一致，才能保证安全。如果有人用力小，出手慢，夯就会向其倾斜，容易出错。因此扶夯的人不仅要头脑灵活，而且要眼观六路心中有数。

在打夯的进程中，一人专管夯的落点和方向，叫引夯，另一个人则是做辅助兼喊号子，喊一声"拉起来哟""嗨哟"。随着人们手中的绳子一起一落，石夯上下跳动，咚咚地砸在地上。每到打夯的时刻，常会引得许多人围观，特别是扶夯人喊出的号子高亢有力，有时会喊出诙谐幽默的话语，使周围的人捧腹大笑。千万不要小看了这个角色，没有他，打夯就会显得沉闷，甚至会失去激情和力量。重要性由此可见一斑，因此被称之为打夯匠。打夯歌可以说是长期存在的民间传统文化，它使繁重的体力劳动演绎成一个轻松愉悦的享受过程。

老家把修房盖屋的人称为泥瓦匠，也就是现在建筑工人的前身。其实，现在的建筑工人与过去的泥瓦匠相比，早已不可同日而语。因为他们建筑的房屋大不相同，一个是高楼大厦，所用材料都是红砖、混凝土、钢筋之类的东西；一个是低矮的房舍。这样的房屋也分三六九等，有的极其简陋，整个屋子几乎看不到几块砖头，全部是用泥土、茅草、木头等建造起来的，用圆木扎成屋脊，棚上箔，再苫上草，房屋的四面墙则用秫秸夹上，里外糊上泥巴。后来生活条件有所改善，在建造房屋的时候使用的砖头多了一些，也只是能垒上三五行砖作为地基已经很不错了，条件好一些的人家会垒到窗户的底端。有些富裕人家，盖的是"包皮房"，即外墙用立砖垒砌，内墙是土坯，这样既好看又省砖。垒立砖的技术要求较高，非一般泥瓦匠所能完成。多数人家盖的都是土墙屋，挑墙的土是当地的黏土，用水和泥时掺入麦草，增加泥的黏合性。其实，叫从事搭建这种屋子的人泥水匠更为准确。

通常泥要和上三遍，挑墙的泥不能太软，要硬硬的。墙上站一个泥水匠，手持三股叉接泥，下面两个泥水匠用叉把泥挖起来，再用力把泥甩上去，墙上的泥水匠接住顺势堆在墙上。此时的泥水匠与其说是靠技术，倒不如是说靠体力更准确。

  为防止墙倒塌，每茬墙挑七八十厘米高便停工，等它干透了再接着挑第二茬墙，一间屋至少要挑三茬墙。在每茬墙挑好后，还要刷墙。刷墙的刷子是长约一米的扁平木棍，上面有数个斜着的铁齿，跟现在的梳子有些相似。泥水匠量好墙的厚度，用刷子刷去多余的泥块，一个技术好的泥水匠会把墙刷得非常平展，像用刀切过的一样。

  泥水匠水平有高低之分，有上工和下工之分，当然，报酬也不同。上工多是师傅级的，挑墙站在上面，垒墙站在架上；下工干的是笨重的活，挑水、和泥、托举、运砖等，随着上工的吆喝，把建筑材料送到上工的跟前。

  到了 20 世纪 80 年代后期，浑砖到顶的砖瓦房成为乡下人的首选，更是作为小伙子娶媳妇的首选条件。这时泥水匠手中的挑墙叉才寿终正寝，他们真正成为泥瓦匠。瓦刀终于有了一展身手的机会。这些人只须手持一把瓦刀便可以走遍乡里。

手艺人（四）

将经纪人列入手艺人类别不知是否恰当，因为在众多的手艺人当中，经纪人是最不需要出力流汗的，只是简单动动手就可以获得报酬。这里所说的经纪人与当下的经纪人大不一样。那时的经纪人并非职业，完全是业余的。只有逢集的时候才出现在交易现场，专门帮助别人撮合买卖。可别小瞧了这不起眼的行当，因为大有学问。好的经纪人既要能说会道，还得是看家畜的内行，瞄一眼就能说出个子丑寅卯来。经纪人是"袖里吞金"的行业，不是一般人可学可做的。从学徒、练手、操盘、起家再到有名气，需要很长时间的历练。

据资料记载，中国最早的经纪人出现于秦汉时期，当时叫"驵侩"。到了唐代，经纪人又被称为"牙人""牙郎"等。明代陶宗仪在《辍耕录》中说"今人谓驵侩者为牙郎"。"驵侩""牙郎"就是指专门在牲口交易市场上，为买卖双方撮合成交的人。交易时，经纪人不直接谈价，而是在众目睽睽之下让双方伸出右手，袖口相接，手指对话，即在袖口里交易。经过与买方讨价还价、磋商，最后双手并拢相握，初步确定价格。

再按照这个价格由他与卖主以同样的方式商议其能够接受的价格,之后再向买主回复卖主的接受价格,经过三番五次商讨,最终达成交易。整个交易过程买卖双方不直接商谈价格,都是由经纪人从中斡旋。买卖做成了,找个背人的地方,买方把钱交给经纪人,经纪人再把钱交给卖方。到底买方出多少,卖方得多少,中间差额是多少,这些都是谜。因此该行当有着"传内不传外,传男不传女"的规矩,而且经纪人都是中年以上的男子。

接生婆,顾名思义就是专门负责帮孕妇生孩子的女人。如果在医院里就叫产科医生。过去老家的孕妇生孩子很少去医院,都是把接生婆请到家里。也许是熟能生巧见多识广的缘故,接生婆的经验和技能水平都是很高的,虽然设备简单,但基本没有什么闪失,孩子都会顺利降临人世。

虽然已经有了一些心理准备,但是什么时候去请接生婆还是说不准,有时是白天,有时是深夜,有时是凌晨。有可能接生婆去别人家里接生了,也有可能碰上雨雪天气。总之,小生命要问世了,总要克服种种困难也要把接生婆请到家里,有接生婆在孕妇及家人心里才会踏实。

当接生婆挎着医疗箱轻轻推开房门,走进产妇的房间时,如同来了大救星,产妇家人忐忑紧张的情绪顿时消解了大半。气氛也从单独的紧张增添了兴奋,甚至产妇的呻吟也很快变成了哼哼。通常接生婆到了一两个小时后,就会有"哇"的声音从房间里传出,这是小生命降临人世的第一声啼哭。同时还听到接生婆那动听的声音——"命真好,小小子(男孩)"或"小棉袄,小妮子(女孩)"。那时,孕妇肚里的孩子性别全凭经验和观察来揣测。据说,大肚隆隆大多是男孩,大肚宽宽大多是女孩;胎位向上,大多是男孩,胎位向下,大多是女孩;喜吃甜,大多是男孩;爱吃酸,大多是女孩……但这毕竟是预测,最终还是以接生婆的喜报为准。

伴随着小生命有规律的啼哭声，接生婆才算完成了任务。洗净沾满血迹的双手开始慢慢享用主人早已准备好的一碗温热红糖茶，有时还会吃上两个红鸡蛋，边吃边叮嘱"坐月子"时的注意事项等。

时光如流水一样，带走很多东西，那些记忆里的符号大多已消失在光阴里，只是偶尔被提及，却再也不会出现在生活里。时光不会老，但是人会老，传统的行当也会老，老到逐渐淡出人们的视线，被人们淡忘，仿佛从来都没有存在过。然而，但凡经历过的人，每每想起心中总会有一种患得患失的感觉，甚至有些不舍，最终除了遗憾就是回味。其实大可不必，因为只有这样才符合事物的发展规律，社会才能不断进步。

皮影戏与大鼓书

儿时,家乡交通极不便利,乡亲们除了日出而作日落而息,过着自给自足的田园生活,根本没有考虑过要去几十里外的县城,看电影逛商店,丰富一下业余文化生活。村子里偶尔放场电影比吃喜酒还热闹,男女老幼举家出动。逢阴雨连绵牲口歇脚的季节,或是秋收后从场上把自己的劳动所得运回家的某一天,皮影戏便粉墨登场了。皮影戏之所以受欢迎,主要是因为皮影戏土腔土韵、淳朴厚重接地气。

麦场上摆两张桌子,三面用发黄的白布围起来,正前方是一张用桐油刷过的帷幕,点上几盏煤油灯。唱皮影戏的领头汉子,既是一家之主,也是演出负责人,用现在的话说就是演艺团长,团员们其实就是他的妻儿老小,不过五六个人。演出的东西并不多,有一个装皮影的箱子、几根竹竿、几件道具、几件乐器等。因为行头少,不管去哪里都极为方便,说走就走。他们在布幔后面边舞边唱,有《穆桂英挂帅》《白蛇传》《孙悟空三打白骨精》《哪吒闹海》等故事。那些情节在我脑海里仍记忆犹新。

看皮影戏主要是看操控皮影人的手艺。首先看他们是如何手忙脚乱地鼓捣，双手上下翻动，机智灵活，紧张有序，只见那皮影在白布做成的幕布上来回移动。嘴皮子也不能闲着，可谓口手并用，一心多用，真乃一口述说千古事，双手对舞百万兵。活儿好的，不仅双手灵巧，唱的说的也颇为动听，嗓音清脆，情感丰富，什么都能学得惟妙惟肖。高兴时笑声浪语，悲哀时长歌当哭。其次才是看内容。

　　台下观众还会关注他们的道具是用何种材料做成的，就拿皮人儿来说吧，就有争议。我因不知道皮人儿是用什么皮做成的，故也很好奇。邻居二大爷说是用黄牛皮做的，旁边的狗三则说是用羊皮做的，理由是更有韧性。为此两人各执己见。牛皮做的也好，羊皮做的也罢，无人去考究，也没必要去考究，用什么皮都不会影响效果。

　　在文化娱乐极其匮乏的日子里，唱皮影戏也就成了庆丰年的重头戏。一队演了二队请，各生产队轮流坐庄。孩子们也像跟屁虫一样跟着那汉子一家转，跑前跑后，兴奋得俨然过大年。我的主要目的不是听戏，而是摸摸皮影的穆桂英头上两根雉鸡毛和想搞清楚皮人儿是用什么皮做的。但是，汉子辫长及臀的闺女从不给我靠近的机会。所以，皮人儿是用牛皮做的还是用羊皮做的，我至今也没弄清楚。

　　转眼间几天过去了，演皮影戏的人又去了其他地方，我对此感到非常失落，仿佛丢了魂似的，好几天缓不过劲来。

　　大鼓书很快又登场了。在昏黄的冒着黑烟的煤油灯下，男人们抽着旱烟，女人们纳着鞋底或抱着孩子，甚至有消息灵通者从外村赶来听书。大家早早地围坐在生产队的仓库里，一饱眼福和耳福。说书人略显消瘦，嘴唇很薄，口齿利落，上嘴唇不碰下嘴唇，声音略微有些尖，倒也不失圆润，能直入人心、勾人魂魄。他每次都在开说之前"咚咚"地敲上一阵鼓，见听书者还少，便呷口茶接着敲，不紧不慢，很有节奏。有耐不住性子者便大声嚷嚷："开始吧！开始吧！"说书人才开腔："天也不早了，人也不少了，我们言归正传，上次说到……"就这样不紧不慢地说着，偶尔也唱上一会儿，连说带唱加上比画，表情丰富，肢体语言夸张，一会儿紧，一会儿慢，一会儿高，一会儿低，宛如大珠小珠落玉盘，沙场征战，号角声声，金戈铁马仿佛近在眼前……听得大家或热血沸腾或心潮澎湃或一惊一乍。就这样不知不觉就到了深夜。说书人见时辰不早了，便会选择一个带有悬念的情节打住，"欲知后事如何，且听明天分解"，故意给听众留个盼头……

皮影戏、大鼓书给乡村生活增添了一番别样情趣和滋味。这沾满乡土气息的民间艺术对于今天的农村孩子来说，似乎已经成了一个古老的话题和流传下来的故事。这些民间艺术业已被人们当作艺术瑰宝保存了下来，只有偶尔在电视里隐约还能看到他们的影子，让人依依不舍，不忍挥手。

看大戏

　　小时候，家乡的文化生活很贫乏。别说电视机了，就是收音机也不是家家都有的。听说附近村子放电影，四邻八村的人都会跑过去看。到了农闲季节，集体经济较好的村，便从集体收入中拿出些钱，请乡里、县里甚至市里的剧团来村子里唱大戏。这是一件极有轰动效应的大事。之所以称之为唱大戏，主要是因为演出时间长、戏折子多、角色众多、舞台大。所以，大戏不是村村都能唱的，只有规模比较大的村子才可以组织起来。

　　张后屯是个大村子，有村民千余人，不仅耕地多而且经济相对富裕些，几乎每年腊月里都会搭台唱戏，而且一旦开唱就要一个多星期时间。后屯村要唱大戏的消息像长了翅膀一样，很快被消息灵通人士传遍周围的村子。

　　村里唱戏，戏种不定规矩，有老戏，也有新戏。台子上唱戏的热闹，台下看戏的比唱戏的更热闹。夜幕降临之时，三三两两的人群从四面八方赶来。靠近戏台坐板凳的多是本村人，稍后站立着的，多是外村人。

戏台的正前方场地上里三层外三层，扶老携幼，牵儿抱女，呼爹唤娘，人人喜笑颜开，一片沸腾。就连十里八村的小商贩们也会闻风而来，有卖瓜子、糖块的，有卖甘蔗、橘子的，有卖针头线脑的，有卖小孩子玩具的；或推着小车，或拉着平板车，或骑着自行车，他们在舞台的不远处安营扎寨。

戏台是临时用砖和木板、帆布等材料搭建起来的，距离地面有1米多高。戏台除了前脸，其余三面都用布幔围挡着，前脸横杆的两头，各挑一盏汽灯，那灯光贼亮，照明好大一片。

后台也用布幔围挡起来，供演员换装、化妆和休息等。虽没有华丽的舞台，也没有炫目的灯光，更没有合成的音效，但并不影响人们看戏的兴致。

锣鼓声仿佛就是命令。伴随着"铿铿锵锵"的锣鼓声，梆子响起，胡琴齐奏，演员即将登台，原本嘈杂的台下顿时安静下来。由于我年龄较小，既不懂唱的是什么剧种，也不知道唱的是什么曲目，甚至连台词都听不大明白。只见到台上你来我往、红衣皂靴，大花脸"呼呼哈哈"，小媳妇"咿咿呀呀"叫个不停，白袖翻飞，五颜六色，刀枪并举，煞是热闹。什么花木兰、穆桂英、薛平贵、黑包公……都会登台。

每个剧团至少要有一两个有名演员，俗称"台柱子"。否则，没了看点，更无精彩，一台戏便索然无味。记忆最深的就是《铡美案》中的黑包公形象，满脸都是黑的，只是两只眼睛偶尔眨巴一下，既显得威严，又显得滑稽。那个演员是个小青年，嗓音非常粗犷，虽然没有扩音喇叭，距离千米之外照样听得非常清脆，他的每次出场都赢得阵阵喝彩。还有一个身穿红大褂的女演员也是台柱子，在舞台上的动作很多，唱词也多。她不仅扮相漂亮而且身材好，字正腔圆，抑扬顿挫，戏路也多。尤其是她的甩袖旋如风，飘如云，抖如波，上下舞蹈，左右遮拦，柔弱如水，使人看得眼花缭乱，袖子功夫堪称绝活。观众根据其着装亲切地称之为

"红大褂"。

每台戏红大褂一亮相，台下观众便伸长脖子，竖起耳朵，抖擞精神，喝彩不断。红大褂的拿手绝活是"拉魂腔"，那拖腔一口气下来，能让听戏的人把心提到嗓子眼。她在演唱《卷席筒》的时候，非常投入，如诉如泣，由于入戏太深，竟然情致大发，声泪俱下，直把台下的观众也感染了。一片唏嘘，潸然泪下者大有人在。唱的投入，看的痴迷，一招一式，一颦一笑，活生生地把历史故事演得淋漓尽致，给人穿越时空身临其境的感觉。一个小舞台，唱尽了人间的喜怒哀乐。台上是一台戏，台下也是一台戏，人们把自己忘了，把庄稼的收成忘了，把现实也忘了，一门心思为古人着想。

村戏，唱进梦境，唱入魂魄，唱成天籁，撷拾遗落在岁月深处的纯真和质朴、幸福和愉悦、柔软和感动。村戏，曾经舒缓过乡村古老而疲惫的身躯，慰藉着众生躁动而怅惘的心灵，承载着村里人的祈愿和梦想。村戏，犹如天然的珍珠，是一种自然的美、野性的美，又像一块古朴的碧玉，铺展着一种别样的风景，渲染着浓酽的乡情和亲情，更像一杯温情的美酒历久弥香。

人生如戏，戏如人生。乡村大戏可以说是乡村记忆中最难忘、最完美的一道风景。

后记　永志不忘的故园

　　刘邦在《大风歌》中说"大风起兮云飞扬，威加海内兮归故乡"；江淹在《别赋》中写道"视乔木兮故里，决北梁兮永辞"；柳宗元在《闻黄鹂》中写道"乡禽何事亦来此，令我生心忆桑梓"；李白在《静夜思》中写道"举头望明月，低头思故乡"……多少游子和文人对故乡这一主题的反复吟唱和感怀，构成了中国特有的家国故乡情结。

　　这些都是名人眼里的故乡。我作为普通人，眼中的故乡又是什么样子的呢？面对渐行渐远的物事，面对那些正在抑或即将消失的东西，有一日我萌生了要写写自己故乡的念头，而且每个字都要写得真诚。因为，这一切都来自我的真实生活，不需要绞尽脑汁进行虚构。我所做的只是用质朴的语言还原生活的本真，没有时尚华丽的语言，更没有无厘头。

　　回头看，世间难有不朽，文字也不例外。只有真诚地将自己的心灵与读者交流，才会拥有真正的温暖，才能得到读者对文字中的不足的宽容，才能让读者给予鼓励乃至掌声。

　　我的故乡丰县人杰地灵，既是帝王之乡，又是道教之源。布衣皇帝刘邦就出生在这里。道教创始人张道陵也是丰县人。

我的家乡为什么叫丰县呢？我查阅了不少资料，得出如下结论。

据《丰县志》记载，新中国成立初期，丰县赵庄镇邓庄村后进行大型土方工程时，挖出许多骨针、磨制石器、灰陶器等文物。文字描述的文物类型属于典型的大汶口文化早期范畴。遗址虽然位于丰县城的北部约20公里处，但仍然可以证明，距今6000多年前，丰县已经进入史前文明时代。以此推算，在距今约1万年前，丰县已经有先民繁衍生息。

据文献记载，当时的丰部落属于东夷文化范围。商代之前的东夷属于炎帝部落。商周两代，丰人属于东人的部落之一，即丰县先民形成的部落就是东夷之一的丰夷。

由丰夷部落过渡成丰国的诸侯国，在地域属性上是十分特殊的。丰县在秦代属于四川郡，联系世传古谚"先有徐州后有轩，唯有丰县不记年"，丰县当属于古徐州之地域。而丰县战国时属于宋魏，两汉丰县属于豫州刺史部，上溯则当属古豫州；北朝丰县则属于北济阴郡，推本而言，丰地则又属古兖州之域。所以明清县志上记载丰县或为徐州之域或为青兖之境都有道理。

因此说，丰县在夏代地处徐、兖、豫三州之间，自古形成了独特的地理区位。在历史进程中，丰地改隶频繁，直到今天，丰县虽然属于江苏省，但位置处于苏、鲁、豫、皖四省接壤处。

西周成王时期，殷商纣王的儿子武庚联合东夷商朝旧部反抗姬周的统治，于是成王派周公、召公等率兵攻伐这些商旧国并且打败了他们。此战争中，丰国不仅参与了反周而且还是其主要成员，说明当时的丰国具有一定的军事实力，且不甘屈服于西周政权统治。虽然失败了，但是丰国人不甘强暴压迫的精神一直影响着后人。后来，刘邦在家乡斩蛇起义就是这种精神的延续。

原来，丰县在商周时期曾经叫丰国！国王的名字叫丰般。般，是国君的字。

无论是丰人还是丰夷,再到后来的丰国、丰县,家乡为什么冠以"丰"字为名头呢?

今天的"丰"字是"豐"的简体字。东汉许慎对豐字解释为"豆之丰满者也,从豆,象形"。豆,就是古代盛放酒肉粮食之类的容器。清代段玉裁在《说文解字注》中引申之"凡大皆曰豐"。可见,这个字的本义就是装满了嘉禾谷物之类的礼器。这个字的形成从侧面反映出丰人丰地大约在炎帝神农氏时期已经进入农耕文明时代,而且丰人重视祭祀并感恩天地神灵,说明丰人是一个重视礼仪的族群,也说明丰国是一个重视祭祀的礼仪之邦,与今天"有情有义丰县人"的民风如出一辙。

人们常把中国的版图形状比喻成雄鸡。在我看来,整个江苏的版图就像一只刚刚爬上岸边的海龟,丰县所处的位置就在海龟的头上。从地理位置上看,老家属于暖温带半湿润季风气候。春风和煦,夏天炎热,秋天凉爽,冬天严寒,仿佛一个爱恨分明、刚柔相济的人。

去年,我带上刚接到大学录取通知书的儿子回老家探亲,虽只是短暂停留,但已耳闻目睹到一种凄凉。

如今,村子里的人越来越少了,而且年轻人都不愿像老一辈一样固守田园,而是拼命往城里挤。他们在繁华的城市里,以不同的方式生活着、打拼着,更多的人是靠着自己的体力营生,只剩下一些老弱病残者支撑着家。他们像初冬的树上挂着的几片残叶,已经禁不住风吹雨打。

曾几何时,村庄在夏秋两季,浓荫匝地,蝉鸣虫嘶,瓜果遍地,折柳为笛,人欢马叫。那时的村庄仿佛丰满的少妇,浑身散发着迷人的妩媚。那些土坯墙、柴草垛,还有家门口大树下的那头慢慢悠悠嚼草的老黄牛,清晨喔喔打鸣的公鸡,夜晚汪汪的狗叫声……可是这些美好的记忆已成为历史。

我知道,可能过不了多少年,袁庄就会消失了。因为新农村建设的步伐在加快，不久的将来，曾经生育养育我多年的老院子会随着大片土地的流转而荡然无存。村人都会搬进新居。他们再也不能斜倚着老柳树听暮蝉低吟，再也不能立在檐前看云卷云舒，再也不能喂养自己的家禽家畜了，再也不能……

想想人生和社会的发展，如梦如幻。果如斯，在外拼搏的人们及后代该到哪里去寻找自己的"根"。或许这些仅仅是我的怀旧情结使然。家园本就存在，不过是换了种方式。因为，对家园的思念是流淌在中国人血液中的基因元素，是永不消逝的根。

那片土地生育养育了我18个年头，故乡的一草一木都倾注了我的无限深情。虽然已离开30年了，但我仍深深地眷恋着，且时时在脑海或梦中浮现。我相信，人心是有发达根系的，这根会让身体无论行至何处，心灵依然归属于最初出发的地方，那里就是我深情眷恋的故乡。

记忆再好，也难以将那段历史复原，只能捡起若干记忆的碎片，费力地拼凑起来，通过我微不足道的文字，以散记的形式，从不同侧面和多个维度，用自然细腻的笔触，用白描的写法，将一草一木、一砖一瓦、一人一事建立起来，抒写出刻肌刻骨的乡土情结，描绘出清新质朴的乡土风貌和风物人事。我努力将历史的阀门打开，尽可能原汁原味地记录下来，保持原生态。以年画般的朴实细腻，再现老家的细节之美，保留下许多鲜活有趣的人事景物；同时，将一些心灵的体悟、爱的芬芳以及人文遗韵的馈赠捡拾起来，洗去尘垢，奉献给所有热爱乡土、关注人文的读者朋友。

如今站在都市眺望乡村，已经觉得越来越遥远，有些陌生感。虽故乡不再依旧，但思念仍在心头。其实，故乡之于游子的人生，又何尝不是一个车站而已。而对于车站来说，所有人都只是过客，哪怕这个车站曾经让某人有过刻骨铭心的故事，哪怕它对于某人的命运有着至深至切的影响，哪怕它让某人日思夜想、魂牵梦萦，也只是一个过客，只能让它长存在记忆里，而不能占有它，更不能复制它，唯一能做的是让它尽量在文字里保持着过往的容颜。

记忆并非都与历史有关，但所有的记忆都将成为历史。我的这部文集也不例外，真心希望它能够成为人们了解中国农村尤其是改革开放前后的那几个年代的文献。

不管记录得如何，我都怀着一颗感恩的心。因为没有那段经历，对于我来说，人生也许会失色，阅历也注定是一种缺失。因此，我非常感谢在乡下生活过的18年岁月。我整个的童年与青春，都交付给了那片充满生机的大地。那18年的生活阅历，也成为我创作的源泉和富矿，真的是感觉取之不尽，是我一生的精神财富。

故乡是什么？故乡是和煦的春风，故乡是夏天的扇子，故乡是绵绵的秋雨，故乡是冬日的小火炉，总之，是根，是精神，是灵魂……

2018年12月完稿

2019年6月修订于彭城金山福地